宿舍章 著

百年光景还争甚
作几曲宫商
且听风流元曲销魂

最是元曲销魂 [2版]

畅销八年
销售百万册
唯美典藏版
诚意修订

石油工业出版社

图书在版编目（CIP）数据

最是元曲销魂：唯美典藏版／宿含章著．--2版
．--北京：石油工业出版社，2018.1
 ISBN 978-7-5183-2146-9

Ⅰ.①最… Ⅱ.①宿… Ⅲ.①元曲－文学欣赏 Ⅳ.
①I207.24

中国版本图书馆CIP数据核字（2017）第238430号

最是元曲销魂

宿含章 著

出版发行：石油工业出版社
　　　　　（北京安定门外安华里2区1号楼　100011）
网　　址：www.petropub.com
编 辑 部：（010）64523559　　图书营销中心：（010）64523731
经　　销：全国新华书店
印　　刷：北京中石油彩色印刷有限责任公司

2018年1月第2版　2019年11月第12次印刷
880毫米×1230毫米　开本：1/32　印张：8
字数：170千字

定价：28.00元
（如出现印装质量问题，我社图书营销中心负责调换）
版权所有，翻印必究

清幽墨香暗销魂

有这样一句话：你曾阅读过一本令人深思的书，你又置身于人群和事物的混乱之中，你想起那本书的内容和思想。随着时间的推移，你终于明白，尽管是无意的、不假思索的翻阅，那本书也在你的心灵中发挥着作用。

元曲是曲调与人性结合的产物，并不能称其为一本书，但它所诠释的时代内涵亦如书般迷人，令很多不了解它的人在偶然翻阅过后受其影响。

时人说起元曲，大多知之甚少，提起关汉卿、王实甫、白朴之辈，或许有几人恍然大悟，可再深说下去便无人问津了。一时间竟想不通为何影响一个时代的文化精华竟被人忽略到如此程度。

不了解元曲就失去了徜徉元代的资格，所谓元曲，是元杂剧和元散曲的总称。金元之际，游牧民族入主中原，带来了新的文化，与中原的词曲文化相结合，便形成了元曲。元人的精神特质从元曲里可以看到七八分，再加上细细地揣摩其意，整个元王朝的文明便赫然在目。这个马背上的王朝给元曲赋予的人文精神，是无法抹杀的。

贯云石在他的套曲《新水令·皇都元日》中写道：

最是元曲销魂

江山富,天下总欣伏。忠孝宽仁,雄文壮武。功业振乾坤……赛唐虞,大元至大古今无。

一个没有边患、活力四射、繁荣强盛的国家,它本身具有无与伦比的自豪感,所以作为它的子民,在没有对其生出怨怼之前,对它秉持着极端信赖的情感。不过当统治者一而再、再而三地让人们万般失望之后,能用笔墨作战的文人们便开始不尽地倾诉。

有离开故国的悲伤,与往日的浮生盛世告别的不甘;有羁旅在外、离愁别绪的难抑;有对人生和恋爱的情殇;有对生不逢时的愤恨;有对整个时代灰暗背景的不满;同时亦有不断挣扎在出入边缘的可怜人。他们之中不乏潇洒之人,但满腹牢骚的却总是不在少数。对他们而言,人生苦苦寻觅,苦苦把握,苦苦追求,把义愤难纾的情感捧在掌心,终日凝望,用杜鹃啼血的坚持与精卫填海的执着去书写它、祭奠它、怜惜它,或者把情感埋入旷野,撒入疏林,让万物同悲。

其实此刻再回味他们对统治者的直言不讳,却并没有因此获罪,不禁让人为他们感到幸运。由于元王朝的专制性并不如明、清两代,特别是在文化政策上,蒙古人对意识形态的控制非常之弱,他们无意识的包容令文人们敢于倾吐不满,这也间接造就了元曲的盛放。

不知何人说过,生命就如同盖房子,建造时偷工减料就会成危楼,年久失修就会出现溃墙,施工不良就会漏水,有大风会吹

清幽墨香暗销魂

破玻璃，如果遇上地震便会坍塌。不过，所有房子都会有一扇可以出入的门，就连监狱也是如此，因此当你无路可走时，上天就会给你逃生的机会。正像蒙古人经营一个时代，即使再不成功，他们也为那些希望能够一展所能而又没成功的人提供宣泄的出口：你可以选择投入官场，可以选择避走天涯，可以选择遁入山林，可以选择玩转风月。

元文人在不同的人生路径上爆发的种种情感，最直接的承载物就是他们所写的戏曲。仔细去品味那涓涓笔墨和莺莺歌声，可以体会到他们处于一个大盛大乱时代所爆发的生命狂想。对于匆匆而去的人生而言，因一切向往而产生的温馨与美好，因一切专注而产生的哀怨与疯魔，因一切痴狂而产生的荒唐与罪恶，无不让人感到怜惜、肃然而又庄重。无论元人自身的思想是对还是错，后人都应当用历史博大的胸襟去理解他们，即使不心存怜悯，也应当真心对待，从他们的字里行间去体会那清幽的墨香和销魂的滋味。

《阅读大中国》系列图书始一发售便受到了广大读者朋友的赞誉，可观的销售量和广大的读者群，是对本系列图书的认可，我们心中也尤为感激。

本书的优化是建立在各种与时俱进的因素上：文学界的新观点，社会观念的进步，原曲内容更谨慎的校对，语言层面更精准的表述，思想性上更诗意唯美的传达，等等。我们以更审慎的态度对本书进行了细致的修订，希望以此满足读者朋友更高的阅读需求和文学品味，也愿读者朋友能够在本书中有所收获。

感谢您的阅读！

风尘客：万水千山走遍

不如归去，不如归去／066

不谈功名，讲些市井老故事／071

一个带着酒气和才气的『仙人』／077

何处终南山，何处桃花源／083

那花，那山，那人／089

愿做个『泼皮』小书生／094

风物志：心有欢喜过生活

一曲天净沙，唱尽四时歌／100

梧桐芭蕉一声雨／105

心那边的芦花被／110

渔父：快活如侬有几人／116

且看人间梅花开／123

目　录

离歌乱：这世上的种种告别

谁念断肠人，断肠人念谁 / 002

追故乡的人 / 008

忘忧草不忘忧，含笑花不含笑 / 013

英雄梦 / 017

柳不留：时光停在送别中 / 022

八斗才：可喜的寂寞

情爱在痴迷之中 / 030

一句归去来兮，一声杏花街头 / 036

我是响当当一粒铜豌豆 / 043

人生看得几清明 / 048

得意秋，分破帝王忧 / 053

敬故事一杯酒 / 058

思古意：在最深的红尘里重逢

哪里有我的良辰美景／190

我有一碗酒，可以慰风尘／195

一缕香魂马嵬坡／201

孤儿怨／207

当美人成为青冢／212

黎民苦：大地生民，川流不息

窦娥冤／220

何处去寻良相名臣／225

凑不全柴米油盐酱醋茶／230

热闹静好人间节／235

一只羊的寓言／241

目 录

相思泪：若无相欠，怎会相见

墙头马上，一面之缘误终生／130

一曲西厢，唱罢小红娘／137

我是真的鬼，不是假的情／143

一把相思豆，毒煞有情人／148

人间自是有情痴／153

查无此爱／158

众生相：一剪元朝的时光

万丈风尘，写我沧桑／164

茶味的初相／169

几分道情，几分机心／174

红颜何曾是祸水／179

生有不同，死无异类／183

离歌乱：这世上的种种告别

最是元曲销魂

谁念断肠人，断肠人念谁

古老的先人把土地视作命根子，八户人家围成一个大院，看起来方方正正，就是个"井"字，如果背对大院，就等于离开自己的老家，"背井离乡"一词也就由此而来。几千年来，在外羁旅的游子多数都并非自愿。有的为了觅仕途而求取功名，有的为了生计而奔波，有的则是被迫逃亡。

中国人的乡情历来深重，如果没有自己的房屋和田地，就等于树无根蒂，很快就会枯死。所以千百年来奔波在外的人，用无数诗词歌赋表达了自己的思乡之情。

采薇采薇，薇亦作止。曰归曰归，岁亦莫止。靡室靡家，玁狁之故。不遑启居，玁狁之故。

如果先秦失去了《诗经·小雅·采薇》一诗，先人的思乡就不会令人觉得情切。

一束束薇菜已经发芽长大，采一束薇菜就不免思乡。说回乡道回乡，眼看一年又过完，有家却等于没家，为了保家卫国，跟狄夷厮杀，连空闲的时间都没有，何谈回家？满腹惆怅，心多忧思，生活疾苦难耐，可是边防动乱，自己还要随军队辗转各地，连封书信都寄不回去。《采薇》传达的正是征夫念家的情感。

离歌乱：这世上的种种告别

在外颠沛的游子与戍边人的心何尝不是相同的？李白的抬头望月，低头思乡；李煜的"离恨恰如春草，更行更远还生"；马致远的"断肠人在天涯"；纳兰性德的"风一更，雪一更，聒碎乡心梦不成"。诗人们的话语一个比一个凄清，思家之情款款入心。

与过往的王朝相比，生在元代的人多离愁，有国家民族变乱的原因在里面，也有个人情感在其中。过去人们表达情感的有诗词歌赋或长篇散文，也有民间传奇一类，不过表现张力显然比元代的杂剧和曲子要弱。另外，饱经离乱的元人情感变得复杂得多，他们通过自己的笔墨，大量融合各民族、各地方言的感叹词，绘制成了易于弹唱的曲调和歌词，使他们要表达的内容更加情深义重，催人泪下。

"离愁"之曲写得最让人魂断的当属马致远，他的《天净沙·秋思》已成绝响。在《汉宫秋》里他也曾借王嫱之口道出"背井离乡，卧雪霜眠"的痛苦。离开家乡如同躺在霜雪上，实在难以忍受。

> 渔灯暗，客梦回，一声声滴人心碎。孤舟五更家万里，是离人几行情泪。
>
> ——马致远《寿阳曲·潇湘夜雨》

马致远的这首曲子中，点点离人心碎声敲打着人们的心弦。本曲的曲名既为"潇湘夜雨"，可见马致远所在的地方必定是潇

最是元曲銷魂

湘之地。潇湘本指湘、潇二水汇集的零陵郡,后来人们干脆用它来指代湖南等地。古有"潇湘八景",是爱风花雪月的宋人给湖南命名的八处景致。当地每逢夏秋便落雨不停,尤其是傍晚开始的淋漓小雨,激起浮动的江雾,一些渔人驾着小舟于雾间若隐若现,渔灯朦朦胧胧,惹人遐想。"渔灯"就是渔船上的灯火,夜晚之时,小船孤寂,灯火更是孤寂,一个词出来,便仿若有愁绪万千,不需要再大力宣扬。张继说,"月落乌啼霜满天,江枫渔火对愁眠",便是这个感觉了。或许是船只隐隐摇晃,或许是一个人睡并不安眠,游子忽然梦醒,他似乎被什么东西惊着了,什么声响呢?原来,下雨了。漂泊在外,一只孤舟,本以为是凄清至极,哪里知道还有这无根之水的惆怅。这便更是一分愁绪,两分忧伤。温庭筠曾经叹息,"一叶叶,一声声,空阶滴到明"。这声响,这愁思,怕是再也睡不着了。五更时分,孤舟一叶,离家万里,"我"还能说什么呢?唯有两行情泪罢了。

像马致远这样的羁客遍布大江南北,因秋景而生乡情的人也比比皆是。思乡本不论季节,但一年当中总有些时日会令人生出离愁,比如九九重阳节。这一天通常是与家人共聚的时刻,携手登山、观花饮酒。可是游子的身边却没有亲人陪伴,因此越发觉得孤独。"独在异乡为异客,每逢佳节倍思亲。"王维也是在九月九日孤身登山时才写下这样忧伤的诗句,由此而激发了后人的无数慨叹。

行役经年,佳节思亲。九月九深秋之际,曲人汤式也不可避

离歌乱:这世上的种种告别

免生出此种心绪,写下了两曲《小梁州》。

> 秋风江上棹孤身,烟水悠悠,伤心无句赋登楼。山容瘦,老树替人愁。樽前醉把茱萸嗅,问相知几个白头?乐可酬,人非旧。黄花时候,难比旧风流。
>
> 秋风江上棹孤航,烟水茫茫,白云西去雁南翔。推蓬望,清思满沧浪。东篱载酒陶元亮,等闲间过了重阳。自感伤,何情况。黄花惆怅,空做去年香。
>
> ——汤式《小梁州·九日渡江》

汤式生活的时代与马致远大不相同,但二人同样经历了漂泊多年的日子。根据史载,马致远曾有"二十年漂泊"生涯,大好青春全浪费了;而生于元末明初的汤式,历经元、明两朝更迭,也是流落多年,直到巧识燕王朱棣,得其赏识才飞黄腾达。

后人说,汤式的散曲虽然明艳工巧,却内涵不足。从人生际遇来看,或许,他曾经历过漂泊无依,却不曾真正地尝过人情冷暖。抑或在他将要陷入这种艺术源泉之一的精神洗礼时,谁曾想,否极泰来,竟遇人生好时光。此后,便是多番顺遂,大概那番浪荡无依的迷茫,人生不得志的愁苦,天地浩渺的思考,零落多尘的哲学,便也在日益富足的生活中被逐渐消磨。有笔,有茶,好时光,想来大概也是因为经过苦难之后生活优越,而变得江郎才尽。

这两曲《小梁州》写得甚是凄迷,首曲怀人,后曲伤己,大概是因为与家人朋友失散,又背井离乡多年,所以有感而发。情

到处，感人肺腑。据推测，这两首散曲很可能是在他漂泊时期所写。

两曲的开篇皆是从秋风里的一叶孤舟开始，小舟的背景尽是烟水茫茫，绵远悠长，与马致远的潇湘夜雨泊孤舟颇有异曲同工之妙，看来孤独的小舟、凄迷的水雾、零落的雨点等的确是最能激发乡愁的景象。

首曲先是作者登上高楼，看山色萧条，禁不住伤心无语，感觉那枯黄的老树都在替自己哀愁。"伤心无句赋登楼"其实含了一个典故，汉末之时，王粲前往荆州投奔刘表，但是并没有得到一个贤士的待遇，他感慨世事，倍觉自己怀才不遇，便作了一首《登楼赋》。结合作者本身的经历，这里应该是反衬的手法，可怜王粲遇人不淑，自己却不同，算是颇有一番际遇。他手持茱萸，鼻尖飘散的是清冷的草香和淡淡的酒气。重阳节的习俗便是登高望远、佩戴茱萸、饮菊花酒。汤式看着眼前桌案上的两樽水酒，这一方是给自己的，另一方座位上却空无一人，顿感空虚寂寞无人伴。他禁不住暗叹，自己都已经年龄陡增，那些家乡的故友亲人还有几个白首健在呢？快乐容易找到，但与旧人的友谊和情感却难以重拾，黄花依旧，人情已无。"黄花时候，难比旧风流"这一句，感怀的意味已经十分明显了，又是一年菊花开放的时节，似乎这花年年都是如此，不曾有过变化，但是，赏花的人却是每年都不同了。仿佛还记得自己年轻风流的潇洒样子，怎么一转眼就有些岁月痕迹了呢？整首曲子却在伤人，伤己，伤时。

汤式登楼无语，因为怀念故人，这是前曲暗含的内容，后曲

离歌乱：这世上的种种告别

也交代了他突然思乡的原因，因为正是九月九日重阳节。在一片烟水茫茫的景象中，白云西去雁南翔，深秋将至。这一次汤式踏进孤舟，掀起小舟的蓬帘，看着眼前滚滚流动的江水，"清思满沧浪"。"沧浪"本指代屈原，屈原投江是为了以沧浪之水洗涤一身尘埃，而他汤式不可能做出屈原的举动，唯有以沧浪承载他的思念之情。

思的是什么？自然是故人了。此时他又忆起陶渊明入菊园饮酒赏花过重阳节的情景，感叹陶公不在，菊园依旧，相信没有了陶渊明这个知己，满园菊花也必定非常孤单，就如同汤式失了亲人一样痛苦。

将自己化作一簇菊花，暗示没有知己陪伴，是汤式在两曲中最精妙的一笔，于虚拟处传出内心的意蕴，思故伤怀全在字里行间。此妙笔与"断肠人在天涯"几乎不相上下。

或许的确如后人评论的那样，汤式的散曲大多显得情感做作，但漂泊天涯者的心意是无法刻意营造的，如果他没有亲身经历长年的宦游和羁旅，是写不出人思黄花、黄花思人的场景的。便冲着这一点，不枉后世在曲海当中留他一笔。

羁客思乡，是人之常情，诸如马致远、汤式等人的牢骚发得应时应景，同时也能引起许多有着相同经历的人发出共鸣。因此，思旧阻止不得，亦没有必要去阻止，牢骚发得越多越深，越证明他们没有忘本，没有忘记故乡给他们带来的幸福。

最是元曲销魂

追故乡的人

放眼呦噢这片河山,山不断呦水不断,缘不断情也不断。山水摆开了棋盘,天地却不分楚汉,一根长长的血脉呦,把我们连成一串。山水摆开了棋盘,天地却不分楚汉,四面八方的五色土呦,凝成了一座江山。这方土呦山也连绵,这方土呦水也缠绵,这方土呦人也相恋,这方土叫人依恋。

这是《故土情》的歌词,其中饱含的深情,勾起了人们对家乡的思念。

一千多年以前,常年在外行军打仗的曹操在面对旷远的山河时,亦忍不住对他的下属道出思乡之感:"狐死归首丘,故乡安可忘?"相传狐狸在临死之前,即使不能回到自己的洞穴,也要把它的头冲着巢穴的方向才咽气,表示那是吾之故乡;兔子也有这样的习性,除非是意外身亡,否则死也要死在窝中。动物尚且如此,更何况情感丰沛的人呢?万水千山,转战多年,停歇下来的时候,曹操能想到的不再是辽阔的江山尽掌握在手中,而是故土的甜美气息。

故乡是塑造一个人灵魂的地方,几乎每个人念叨家乡时,一

离歌乱：这世上的种种告别

是思念父母，二是思念那里的风土人情。久居异地，久别亲人，每每回忆，即使不会泪流满面，亦会对月长叹，夜不能眠。过年过节的时候，在异地看到家乡的节目，即便看到欢喜处，也会笑得哭出来。家乡，成了人们日日的回忆，叫人愁肠百转。

谁家练杵动秋庭，那岸纱窗闪夜灯。异乡丝鬓明朝镜，又多添几处星。露华零梧叶无声。金谷园中梦，玉门关外情，凉月三更。
——乔吉《水仙子·若川秋夕闻砧》

此曲是乔吉行经若川时所作。他落脚若川时正是秋夜，本来应该是夜深人静，却隐约听到阵阵的捣衣声。那时的衣物由丝麻等所做，需要用捣衣木将织物砸软，就像现代的牛仔裤需要水磨一样，越是经过锤炼，衣物会越发柔软贴身。乔吉顺着捣衣声传来的方向，望见一户人家的灯烛还没有熄灭，透过窗子映出里面一个女子孤独的身影。他猜测也许女人的亲人去了远方，她思念得睡不着，唯有捣衣消遣，在忙碌中驱除愁苦。

想到这里，乔吉不由感同身受，记忆如潮水般涌来。想到了李白的那句"高堂明镜悲白发，朝如青丝暮成雪"。拿起轩窗边的镜子，发现自己两鬓泛黄，零星地出现了几点白芒，让他感觉自己又老了几岁。想到自己多年经营，已然老得如此之快，那家人岂不是……不敢再这样想下去。正当此时，一叶梧桐在身边飘落，干枯的剪影被月光映在土地上，梦幻中令作者似乎做起了"金谷园中梦"。

最是元曲销魂

金谷园是晋代石崇的宴客聚会之地,他经常在那里大摆宴席,会集当时的文豪"二十四友"等,一起吟诗作对,好不快活。就连李白都曾希望造一个相同的金谷园以供朋友、亲人聚会。其实不但李白有这个想法,乔吉也希望能拥有一个金谷园,因为他已经太久没有见过家人和朋友了。

想到金谷园的乔吉忽然又忆起了"李白夜度玉门关"的典故。李白路过玉门关时曾写下《子夜吴歌》,诗中是专为丈夫出关打仗的思妇所写:"长安一片月,万户捣衣声。秋风吹不尽,总是玉关情。"李白在诗中也用到了捣衣的情景,与乔吉的《水仙子·若川秋夕闻砧》中提到的捣衣声相映成趣,难怪乔吉会在曲尾引出此典。

曲从肺腑出,出辄愁肺腑。在冰冷月华的洗礼下,乔吉的思旧情绪越发浓烈,遂告别了捣衣与凉夜,辗转向家乡的方向行去。

瘦马驮诗天一涯,倦鸟呼愁村数家。扑头飞柳花,与人添鬓华。

——乔吉《凭阑人·金陵道中》

在穷游天涯之后,乔吉路过金陵古道,再涌思乡念头,忍不住写下了这曲《凭阑人》。古人词曲中常用"古道西风瘦马"烘托背景气氛,乔吉的曲子也不例外。不过,"瘦马驮诗"不是指乔吉,而是唐代诗人李贺。被誉为"诗鬼"的李贺本是唐宗室郑王李亮的后裔,虽家道中落,依然饱读诗书,得了功名,怎知后

离歌乱：这世上的种种告别

来遭人毁谤，不能举进士。从天堂一下子被打入地狱，李贺大受打击，便在外流浪。他有个习惯，骑着一头毛驴，背着一个破皮囊，见到什么新鲜事物就赋诗一首，丢入囊中。他的诗集就这样不知不觉累积而成，"瘦马驮诗"的典故也就名声在外了。这曲小令比较有意思的地方在于"我"的情绪与实际景物的呼应。"瘦马驮诗天一涯"是指代作者，"倦鸟呼愁村数家"是外在景物的描写，风景、物体本来是无法传达情绪的，但是，在这里，"倦""愁"两字却展示出了景物的情，这个情是由我及物得来的，看似是写外物之景，其实是写自己之情。因为自己疲倦了，满腔愁绪了，所以看什么东西都带着这样的感觉。"扑头飞柳花，与人添鬓华"，柳花纷飞，欢喜之时其实也是一番不错的景致，但是，在作者这里，因柳花沾到了头发，而想起鬓发斑白的愁苦，心里又止不住地悲愁。

元代之后的学者研究过乔吉与李贺的经历，称二人的遭遇格外相似，元人钟嗣成在《录鬼簿》中形容乔吉：

> 平生湖海少知音，几曲宫商大用心。百年光景还争甚？空赢得，雪鬓侵，跨仙禽，路绕云深。欲挂坟前剑，重听膝上琴，漫抚琴，载酒相寻。

意思是说乔吉一生中难遇知己，费尽心思做文章，只为得到有识之士的赏识。然而人已到老，得到的只是两鬓斑白，能做的只有归隐山林。钟嗣成对乔吉的评断也算中肯。

乔吉的余生过着如李贺一般的流浪生活，他在行走多年之后，最终还是受不住想家的煎熬，生出倦鸟归乡、狐死向丘的意念。他到了金陵附近，眼看离老家杭州不远，再看到几只倦鸟向附近村子飞去，便忍不住伤情起来。在这曲小小的《凭阑人》里，他前半段借李贺自比身世，借倦鸟说自己的归乡情切；后半段则是完全化为对自己的怜惜，感慨青春年华就这样逝去。激起他对时光流逝感慨的，便是那漫天飞舞的柳花。

晚春的柳树该生叶了，残存的柳絮迎风扑面，沾在两鬓，如同自己的生命已经垂暮，却还独身在外，实在太过孤独了。此时乔吉并未至晚年，不过华发早生，而柳絮挂在两鬓上显得他更加苍老，内心倍觉凄惶。

人恋故土，特别是厌倦漂泊之后，寄一封家书，恨不得魂魄与家书一同寄去，留下没有灵魂的躯壳，飘零十数年的乔吉也有同样的想法。中国台湾诗人余光中将乡愁比喻成一枚小小的邮票，"我在这头，母亲在那头。"这小小的邮票等同书信，跟随着他，灵魂也飘向了落叶归根的地方。乔吉没有小小的邮票，却有小小的思乡曲，被他放在了自己的诗袋中，虽然寄不出去，却寄托了他的情怀。

回家，困扰了无数游子的情感纠结，也是流浪经年者心中最后的祈求和挂念。得意时想到它，失意时想到它。辽阔的空间，悠邈的时间，都不会使思乡的感情褪色。乔吉的倦和归，既说自己，亦在诉说那个年代无数游子的心声。

离歌乱：这世上的种种告别

忘忧草不忘忧，含笑花不含笑

忘忧草，含笑花，劝君闻早冠宜挂。
那里也能言陆贾？那里也良谋子牙？那里也豪气张华？
千古是非心，一夕渔樵话。

——白朴《庆东原》

  撷一株小小的忘忧草，多少烦恼都可以被抛诸脑后；摘一朵含笑花带在头上，如麻思绪在馨香中飘散开去。过去人把忘忧草叫作紫萱，认为吃了它之后就像酒醉般，忘却了一切凡尘俗事，故有其名；南方人把含笑花作为百花之首，四时皆开，奇香无比，妖娆娇俏。其实，忘忧草不过是黄花小菜，含笑花也不过是茉莉而已。然而，他们被想象力极丰富的先人赐予了古色古香、文气十足的别名，化作诗词歌赋里的托物，以言作者志向。白朴在他的《庆东原》开篇，同样用二草来抒写真情。

  《庆东原》一曲，是杂剧大家白朴信手拈来之作，他曲中的主人公浅笑晏晏，劝世人忘掉忧伤，将忘忧、含笑二草带在身边，告别悲伤的苦难。看似文辞浅显，实则意境深远。

  人世的各种动荡，令诸多世人想抛却各种烦恼，消除自己苦难的记忆。曲中抱着忘忧、含笑的人，是众生的化身，同时也是白朴自身的写照。他想借两种植株背后的内涵来奉劝世人，把什么功名利禄都抛却，因为它们到头来不过是一场空。

　　白朴很怕自己的奉劝不能打动人们追逐名利的心，便以许多因求名而变得不幸的古人来作证。他列举了汉代能言善辩的陆贾、西周足智多谋的姜子牙、文韬武略的东晋大臣张华，这些大名鼎鼎的古人都遭遇被放逐远方的命运，是非功过不被帝王记着，反而成了渔樵茶余饭后的谈资。古人尚且如此，更别说我辈闲中人了。

　　白朴的感叹不无道理。元朝朝政黑暗，让身在官场的人心灰意冷，过去那些直到功成才打算身退的人，大多数没有好下场，非死即伤，因此何必留恋官场？不如看开，不想是非功名。《庆东原》中寥寥几语，言辞看似轻松洒脱，事实上曲人本身并不轻松。元王朝的大多数曲人，都如白朴一样，对命途多舛发出许多牢骚，其中不乏名家，例如乔吉。

　　曲人乔吉很善于写才子佳人、风流韵事，他是写这方面杂剧的专家，但因为长年的漂泊生活所苦，在政治上又屡不得志，忍不住发出"多少豪雄，几许消沉"之语。

　　江南倦客登临，多少豪雄，几许消沉。今日何堪，买田阳羡，挂剑长林。霞缕烂谁家昼锦，月钩横故国丹心。窗影灯深，燐火青青，山鬼喑喑。

——乔吉《折桂令·毗陵晚眺》

　　乔吉喜欢自称"倦客"，在这首散曲《折桂令·毗陵晚眺》

离歌乱：这世上的种种告别

中，首句便自诉身份是"江南倦客"。他的一生落拓江湖，纵有千秋之志，却始终得不到功名。曾经的书生意气没了，雄心壮志也没了，都化作对生活的厌倦、对官场是非的看轻。

想当年，苏轼纵横官场几十年，三起三落，最后得出了一个结论："人生如梦，一樽还酹江月。"于是抛却一切，在阳羡买了块田，过起田园生活。乔吉在曲中提到"买田阳羡"，指的便是苏东坡的经历，也借此比喻自己想要归隐的心意。与此同时，他也以"挂剑长林"来形容自己对世俗的厌倦，以及欲超脱其外的感慨。

许逊是晋朝的一介小官，因看透了仕途险恶，突然觉得生活没有乐趣，收拾了一番包袱就求仙问道去了。有人说许逊成了仙，每每到人间神游时就来到艾城镇（今江西南昌附近）的冷水观，习惯把佩剑挂在观内的一棵松树上，再访问人世。

许逊历尽了渺渺路途，走过漠漠平林，叠叠高山，看过滚滚长江东逝。见惯了寒云惨雾，受尽了苦雨凄风，知道了汲汲营营不现实，到头来不过黄粱梦一场。许逊看透了现实的玄机，所以认清功名利禄不值得留恋。乔吉在诗中用"挂剑长林"的寓意，大概因为许逊抛却功名、远离尘俗正是乔吉想追求的。

乔吉比苏轼、许逊还不得志，他连个芝麻小官的官印都没见过，如何能不成为官场倦客呢？而且，乔吉的命不好，成不了许逊那般的"仙"，只有睡时对着"窗影灯深"，觉得自己的生命之灯即将熄灭，人生还没过得如何，便要被山鬼勾去了魂儿。

乔吉自诩文坛英雄，本该意气风发，可英雄消沉，变得贪生怕死，还称得上英雄吗？人生过得如此，的确悲哀。数十年如梦一场，对红尘一笑置之，不怕风雨飘摇，因为比风雨更自在的是人心。乔吉该像白朴一样，不再因成为官场倦客才选择放开，应早早地抱着忘忧、含笑二草，打开心扉，才能活得逍遥。

正像佛家偈语所说的那样："有钱也苦，没钱也苦；闲也苦，忙也苦，世间有哪个人不苦呢？"不被俗事叨扰，能忍的就忍，把痛苦当成磨炼；不能忍的就不忍，转身毅然离去。人生叹崎岖途路难，得闲且闲，到处皆有鱼羹饭，还怕没有出路吗？

乔吉的一生都没有达到逍遥的境界，对名利双收的生活过分奢求，使他只能在红尘里继续消沉，驻足不前。这恐怕也是该时代大部分文人的通病。

离歌乱：这世上的种种告别

英雄梦

在古代，一个人的仕途往往包含着欲望与罪恶，但往往也是最成功的。相对而言，那些在他人仕途中的流血者，当然也是倒霉的。所以千年至今，说"仕途险恶"的人绝对不在少数。有人选择继续混迹官场，为争得一官半职而不惜将人格丢在脑后；有人因为不敢争也不能争，选择走向世外田园，自娱自乐。元代的文人大多选择了后者，这与时代背景有千丝万缕的联系。

不知是否因为元代是中国既统一又动荡的时代，导致了其文化出现断层，有关一些文化人士的记载也少得可怜。除非此人出名到天下皆知的程度，否则无论他写了多少诗词歌赋，做了多少事情，后人对他的了解仅仅四字——"生平不详"。

元代的曲人、杂剧家，不像宋朝的诗人、词人那般，只要叫得上名字的人，从生到死，几乎每件人生大事都能被细细道来。他们很不幸，他们大多注定要遭受被历史遗忘的悲哀。

马谦斋，生平无可考，生卒年不详，约在元仁宗延祐年间在世。他与当时著名的曲人张可久几乎生活在同一个时代，张可久生于公元1270年，死于14世纪中叶，这段时间成为唯一能确切证明马谦斋具体生活年代的证据。

最是元曲销魂

一个曲作家的事迹要在别人身上得到证明,这很令人感慨,而最能代表其人格实质的现实依据,还有他的作品。

> 手自搓,剑频磨,古来丈夫天下多。青镜摩挲,白首蹉跎,失志困衡窝。有声名谁识廉颇?广才学不用萧何。忙忙的逃海滨,急急的隐山阿。今日个,平地起风波。
> ——马谦斋《柳营曲·叹世》

搓着两手,把剑磨了再磨,心中思潮澎湃,追忆古往今来的大丈夫、大豪杰。对镜抚摸着自己的影子,指尖挑起的尽是白发,才想起岁月流逝,都已蹉跎,而自己却身居陋室,不能一展长才。就算自己成为廉颇那样的一代名将,仍会遭受别人的非议,老矣无用;就算自己像萧何那样是通世才子,换到这个时代,恐怕也得埋没乡间。像我这样的人,也就只能躲入深山或海滨,当个无名隐士,不到世上去惹是非。现在的社会,平地起风波,实在叫人防不胜防。

空有抱负却出入无门,马谦斋在曲中流露出的抱怨在元代的各种文学作品中都比较多见。然而《柳营曲》却是其中较闪亮的一篇,因为此曲有辛弃疾式的大开大阖、痛快淋漓、生动直率。辛词在宋代独树一帜,乃豪放词中佼佼者。马谦斋在《柳营曲·叹世》里用了"手自搓,剑频磨",不禁让人想到辛弃疾的"醉里挑灯看剑,梦回吹角连营"。辛词中流露悲伤的原因在于未能完成守护宋室的大业,就已两鬓斑白,而马谦斋此曲充满着无法施展抱负、埋没乡野的不甘。

离歌乱：这世上的种种告别

另外，辛弃疾的《永遇乐·京口北固亭怀古》中有"廉颇老矣，尚能饭否"这一典故，马谦斋在自己的文中亦用此典。如此一来，越发显出马曲与辛词风格和意义上的相似。

马谦斋以《柳营曲》为调的曲子共有四首传世。

首曲是《太平即事》。在《太平即事》中马谦斋便说了当时的社会背景："天下太平无事也"，他过着"庄前栽果木，山下种桑麻"的生活。对于马谦斋来说，太平之际本该是他这种文士实现治世志向的时候，不像乱世需要的是英雄将才。然而，他却过着辞官归田的日子。在他的曲子中，虽然充满了对田园生活的热爱，事实上却在抨击元朝廷不重人才。在看似轻松活跃的"太平词话"中，有着马谦斋浓浓的悲伤和失望。在他的第二首《柳营曲·怀古》中，透露出了强烈的不满。

曾窨约，细评薄，将业兵功非小可。生死存活，成败消磨，战策属谁多？破西川平定干戈，下南交咸镇山河。守玉关班定远，标铜柱马伏波。那两个，今日待如何？

——马谦斋《柳营曲·怀古》

此曲里写了两个历史人物，一个是班超，一个是马援。"曾窨约"的意思是指作者曾经暗自揣摩，与下一句"细评薄"意思相同。马谦斋仔细品评了历史上那些有过丰功伟绩的将臣，看过他们的行军打仗和成败经历之后，最终选定了班、马二人作为怀古对象。这两人皆是东汉名将，其功业非同小可，在危机四伏、生死存亡的戎马生涯中战策频发，在历代将才中脱颖而出，但他们也经历了无比大的风险。

　　班超出征西域三十几年，平定北方的干戈，而马援南征定边，使夷人不敢越汉土雷池半步。二人为东汉江山领土的划定做出了不可估量的贡献，然而今日呢？二人踪影何在？全曲最后，马谦斋发出了悲凉的疑问。

　　马谦斋的怀古之曲，对以往的英雄持心驰神往的态度，但他又不得不回到现实，像辛弃疾的"尚能饭否"一样，痛心地呼号。马谦斋是个书生，他的志愿不是沙场，而是仕途。但这并不等于他的心比古代的将军软弱，他也有满腔的热血和抱负，有马革裹尸的胸襟和魄力。不过，理想与现实的千丈落差却让他悲愤难当。词曲是歌唱的艺术，间或讲述人间百态，间或阐发无限情思，寥寥数语，便有两三故事，一种人生经历，一份奇思妙想，一处闲情偶寄，一些感慨悲歌，在这样的浅吟低唱中，令人回味无穷。它把人生化为了可唱可吟的歌，娓娓道出，或缠绵悱恻，或激昂悲愤，写到情深处似放实收，听罢意思已经完全领会，却仍让人情不自禁。马谦斋的曲子，豪放中带着些许忧伤，其中有无法回避的控诉，无法拔除的悲伤，细细读来，易于理解，但总能让人深思。他有辛弃疾的影子，却没有辛弃疾的奔放，在慷慨激昂中收敛着内心的苦楚，这才是两人的曲子共同拥有的特点。

　　马谦斋的作品很有一种豪气，无论是用词还是情绪的释放，他善于用自己的文思构建一种恢宏的意象，充满英雄气概。按理

离歌乱：这世上的种种告别

来说，这样的人应该是事业有成，建功立业之心得以实现的状态。但是，偏偏他的作品中又有一种欲求不得的怅惘、迷茫，甚至凄苦。他就像是战场上的一位将军，有着打拼天下的野心和实力，奈何他只有独身一人，身旁无人可助，他的野心无法实现，他的理想得不到助力，他的人生充满矛盾和焦虑。这种复杂的情绪撞击，注定了他作品中充溢饱满的情感。

柳不留：时光停在送别中

"昔我往矣，杨柳依依；今我来思，雨雪霏霏。"(《诗经·小雅·采薇》)

"今宵酒醒何处？杨柳岸，晓风残月。"(柳永《雨霖铃》)

"羌笛何须怨杨柳，春风不度玉门关。"(王之涣《凉州词》)

"上马不捉鞭，反折杨柳枝。蹀座吹长笛，愁杀行客儿。"(《乐府诗集·横吹曲辞·折杨柳歌辞》)

"此夜曲中闻折柳，何人不起故园情。"(李白《春夜洛城闻笛》)

"扬子江头杨柳春，杨花愁杀渡江人。"(郑谷《淮上与友人别》)

"楼前绿暗分携路，一丝柳，一寸柔情。"(吴文英《风入松》)

这么多诗句，我们能看出它们的共同点吗？

没错，就是柳。夭夭袅袅，婉婉而来，这些柔嫩的柳条儿，撩动的都是什么人的心呢？每一句诗似乎都洋溢着一样的情感，一种酸涩的离愁别绪。

相传，古代长安灞桥的两岸，十里长堤，十步一柳，由长安东去的人多在此处告别家人或朋友，都喜欢随手折柳相送。其实，送别之人的潜台词就是，此去经年，纵是有千般良辰万般美景，我其实并不希望你走，我想留却不能留，不敢留，不忍留，只能折下一条柳枝儿，脱口而出的便是一句"愿君鹏程万里，前程似锦"。观柳如见人，曾经，有一个想留你的人。

离歌乱：这世上的种种告别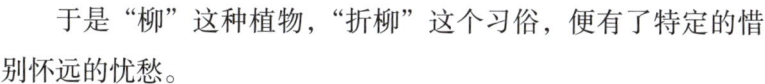

于是"柳"这种植物，"折柳"这个习俗，便有了特定的惜别怀远的忧愁。

萋萋芳草春云乱，愁在夕阳中。短亭别酒，平湖画舫，垂柳骄骢。

一声啼鸟，一番夜雨，一阵东风。桃花吹尽，佳人何在，门掩残红。

——张可久《人月圆·春晚次韵》

一向多愁善感的张可久也喜好借柳抒情，但柳只是这曲《人月圆》的意象之一，并不能完全说明张可久的离愁。芳草萋萋、夕阳乱云、短亭画舫、马蹄东风、桃花虚门，除了垂柳以外，曲中的各种景致都蕴含着别情，丝丝入扣，寸寸沁心。

张可久开篇所用的"萋萋芳草"，是从秦观那里借来的灵感。秦观在他的《八六子》中写道："恨如芳草，萋萋刬尽还生。"恨是一种绵长的痛，像芳草一样蔓延在心田，纵使野火焚烧亦春风再生，所以才有人说恨比爱还苦。然而张可久从萋萋芳草那里得来的不是焚心的恨意，而是别绪，他的离愁情绪在夕阳中不断蔓延，脑中闪现了无数离别场景：短亭饯行时举杯相送；平湖画舫中分袂诀别；垂柳下，载伊而去的青马。这些情景宛然在目，如何能不使他怆然涕下，因此"一声啼鸟，一番夜雨，一阵东风"，便把张可久的离愁别绪推向了高潮。然而花落人去，今日再回到曾经去过的地方，他看到的已经不是曾经熟悉的人了。

《人月圆》一曲的最后一句"桃花吹尽，佳人何在，门掩残

红"其实暗含一个典故,就是崔护的《题都城南庄》:

去年今日此门中,人面桃花相映红。
人面不知何处去,桃花依旧笑春风。

这是一个很有传奇色彩的故事,说的是诗人崔护去长安参加科考,不幸落第,在南郊散心的时候,遇见了一户人家。这家人有一个如花似玉的女孩儿,长得是面若桃花、人比花娇,而那个时节也正好桃花绽放,美人和桃花相互辉映,成了一道风景。第二年的清明节,崔护不知出于什么想法,又来到了南郊,那个看到美人的地方,但是,人去楼空,佳人不在,唯有桃花的点点落红,寓意着年年岁岁花相似,岁岁年年人不同。

就曲子本身来说,上下也有联系呼应,前为"柳条"后为"桃花"。同以植物结尾,离情愁绪一贯到底。

张可久的"佳人"究竟是男还是女,是爱人还是好友,已经无从查知,但他的思念不比崔护轻浅,甚至有过之而无不及。

在短短的一曲中,景与情的交融没有半分罅隙,典故与内容没有半点脱节,不着一字,尽得神韵。张可久的同辈人高栻曾赞他"才华压尽香奁句,字字清殊"。可见张可久每言一句,皆可让人回味无穷,在这首曲中,他笔下的"柳"不着痕迹地成为他诉别情的工具,心甘情愿地化作张可久相思的寄托。

不过,以"柳"作别词的大有人在,曲人刘庭信也颇偏爱"柳"的意蕴。

离歌乱：这世上的种种告别

刘庭信原名廷玉，以闺情曲见长，当时，他的作品流传相对比较广泛，可以说比较有影响力，如果换成今天的说法，就是流行乐坛的大师级作词人。刘庭信的作品往好了说是题材专一，往不好了说是选题狭窄，他善于写闺中女儿家的情怀，用词用情缠绵悱恻，而且因为受到了民歌影响，所以用语并不限制于"雅词"，也有许多通俗易懂的表述。他的作品有些情意绵绵、意欲靡靡的味道，将细腻的情思把握得十分到位，有一些吴侬软语的软糯动情。所以，那个时候，他的作品虽然流传广，但也有人评价其作有失端方，不太雅正。更有意思的是，虽然刘庭信写出来的文字情丝绵绵，娇软盈盈，但是，这人长得五大三粗，传闻又黑又高，朋友赠他外号"黑刘五"，大概因他是家中第五子的缘故。有句话叫"我很丑但我很温柔"，用在刘庭信身上再恰当不过。他天性风流，喜好风花雪月，以填词为人生唯一爱好。在他的笔下，感情缠绵悱恻，离别更是凄苦淋漓，看其人与其词，有点恍如隔世的感觉。后人在说起刘庭信时，必提到他的《一枝花·春日送别》。

> 丝丝杨柳风，点点梨花雨。雨随花瓣落，风趁柳条疏。春事成虚，无奈春归去。春归何太速？试问东君，谁肯与莺花做主？
> ——刘庭信《一枝花·春日送别》

曲中的这幅场景相当旖旎动人，却又带着一股春日的清新。一股被雨淋湿的泥土味道，混合着柳叶的涩味，梨花的清甜，淡淡地飘扬开来。杨柳西风，梨花带雨，雨随花瓣落，风吹柳条

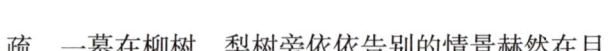

疏，一幕在柳树、梨树旁依依告别的情景赫然在目。

比较高级的文字，既容易调动感官，又容易引发思考，还能传达情感共鸣。这是很有技巧和才情的一种写作方式，刘庭信这个"美艳"的"大老粗"做到了。

画中的两人分别得温柔婉约，这种情绪其实可以从景物描写看出来，从天而来的，既不是凄风也不是苦雨，是牵着柳枝儿动摇的风，是带着梨花香的雨。一种女儿家的娇柔感就溢出来了。诗人也好，词人也罢，好像在表达这种离愁别绪的时候，都特别喜欢把柳条儿和桃花、梨花、春风、细雨、舟船、栏杆、青山等事物联系在一起，不得不说这是很聪明的一种做法。这样一来，既营造了一种场景感，让整个文字塑造的环境立体起来；又让春天这个万象更新的季节变得忧愁，忧愁的风景中忧愁的人，质感就出来了。

简简单单一句"春事成虚"，言尽别情之缠绵。春天就要走了，春的归去意味着人将离开，今后所有良辰美景都是虚设。问春日为何离开得如此之快，问司春之神东君为何要这么轻易地带走心上人，究竟谁能给他或她做主，把思念的人挽留呢？

春日送别，愁思满腹。曲中人自比"莺花"，应是个女子，她在送别爱人时心情跌宕起伏，不能自抑。曲子的最后一句话，更是把女子怨怼的情态写得惟妙惟肖。

刘庭信虽然没有俊朗脱俗的外表，但是骨子里却是个极为多情的人，他每日于脂粉堆里厮混，常注意女子的风貌和情态，所以写她们的闺怨极尽能事，鲜有人能比得了，是以他的风流之名

离歌乱：这世上的种种告别

远超同辈之人。

自古多情者易情殇，张可久和刘庭信都是多情之人，写别曲绝不会放过既可怜又可爱的柳枝，只因柳下的离别比一般的告别更能引出内心的情感：一"柳"千万"留"。

此时，叫人不禁想起"章台柳"的逸事，这故事曾一度加深了许多文人对"柳"的特殊情感，大概张可久和刘庭信也深受此影响。

唐代文人许尧佐在传奇小说《柳氏传》中叙述了有关"柳"的故事：

唐天宝年间，有一秀才韩翃赴京赶考，与李王孙成为好朋友，认识了李王孙的蓄妓柳氏。此女人称"章台柳"，花容月貌、才思敏捷。韩、柳二人见过多次后，渐渐互相爱慕，李王孙欣然答应二人的婚事，还赠资千万给韩翃助他科考。韩翃中了探花之后恰逢安史之乱，便去参军打仗。哪知道朝廷任用的番将沙吒利自认平反有功，到处强抢民女。他相中了柳氏，将她掳走。韩翃回到家，寻爱人不着，便跟虞候许俊说了此事，许俊为韩翃与柳氏的痴情所感动，于是帮他将柳氏又抢了回来，终使他们夫妇团圆。

韩、柳分别时，互以词道衷情，不知折杀多少人心：

章台柳，章台柳！昔日青青今在否？纵使长条似旧垂，也应攀折他人手。

——韩翃《章台柳》

最是元曲销魂

> 杨柳枝，芳菲节。所恨年年赠离别。一叶随风忽报秋，纵使君来岂堪折！
>
> ——柳氏《杨柳枝》

柳氏、韩翃折的虽是柳枝，其实是想留。二人分别之际的一唱一答，都表达出彼此愿朝朝暮暮、年年岁岁厮守在一起、两不相负的愿望，他们也的确不负对方的期望，在"好心人"协助下得以破镜重圆。

但是，"章台柳"中的"柳"之所以欢喜，是因为它是传奇小说，它需要一个美满的结局。柳枝，柳枝，却并没有办法"留之"，留而不得，留而不住，多少悲欢离合都充满无奈之情。想留住那个有情郎，奈何对方有大好前程需要奔波；想留住心上人，奈何"心上人"却并没有把自己放在心上；想留住好友日日饮酒对诗，奈何友人身不由己只能远走他乡；想留住一见钟情的美娇娘，奈何千万人之中总会错过时光……

一枝柳条儿，在风里飘，在雨里摇，在几人的依依惜别中，唯剩叹息。

八斗才：可喜的寂寞

最是元曲销魂

情爱在痴迷之中

　　一个女人,美丽到妖娆而端庄,其实是一件十分了不起的事情,她同时蕴含了多种复杂的气质。一个美丽的女人,仅凭容貌就能够吸引很多男人,这是先天优势和后天调配的结果。如果这个女人再加上几分智慧和才气,便有了一种叫人不能忘怀的风骨。

　　相传,北宋名妓李师师的父亲名叫王寅,是汴京城内经营染房的洗染工。她四岁时,父亲因罪亡故,漂泊无依的一个小小女娃落入娼籍李家,后来改名李师师。李家在李师师身上可谓是下足血本,教习她琴棋书画、诗词歌赋,果然,后来长成的李师师成为了汴京名妓。为其美貌才气着迷的,身份贵重者有皇帝宋徽宗,才华横溢者有词人周邦彦,江湖义气者有燕青。后来,金人打进了汴京,李师师便没了踪迹。关于她的去向,有说她看破红尘出家的,有说她嫁人为妾的,有说她散尽千金救国的,不一而足。

　　自古以来,这种命运多舛的美人就不少,元代也有这么一位美女,引得众才子争相为她"抛头颅、洒热血"地赠诗作曲,只为博红颜一笑。

　　此佳人名为——朱帘秀。

　　曾把朱帘秀视为红颜知己的人有很多,例如卢挚、关汉卿、

八斗才：可喜的寂寞

胡祗遹、冯子振等。胡祗遹在为朱帘秀的诗集作序时曾说过："以一女子，众艺兼并……见一时之教养，乐百年之生平。"意思是说，此女不但才艺绝佳，而且气度不凡，一颦一笑、举手投足无不显现大家风范，用胡祗遹的话来形容便是"一片闲云任卷舒，挂尽朝云暮雨"。他借王勃"画栋朝飞南浦云，珠帘暮卷西山雨"一句，把朱帘秀的名字放了进去，来形容她如闲云般从容，看尽沧桑依然不改初衷的品质。从胡祗遹的形容来看，朱帘秀虽出身青楼，看起来却更像富贵人家的女子，知书达理，为人处世应对有度，当得上"富贵似侯家紫帐，风流如谢府红莲"。

朱帘秀又名珠帘秀，在当时梨园戏班子里排行老四，所以大家叫她四姐，小辈称她一声"娘娘"。梨园里出来的名角不少，朱帘秀却是顶尖中的顶尖，有人形容她是"姿容姝丽，杂剧当今独步"。她的美与一般青楼女子、戏苑名伶的香艳俗气迥然不同。关汉卿亦曾赞叹，上了妆登台的朱四姐如琉璃放彩，周围一切事物都会黯然失色。此等绝色容颜想必会令见者屏息，据说当时的大才子卢挚对她魂牵梦萦，至死都不能忘怀朱帘秀的容颜。

身为翰林学士的卢挚，文采自不在话下，诗文与名家刘因、姚燧等人齐名，是当时的名士之一。朱帘秀名声远播，自然勾起了卢挚对她的遐想。闻名不如见面，卢挚也去听了朱帘秀的戏。未曾想，一睹红颜便失了心，从此对朱帘秀的爱恋竟一发不可收拾。

情人眼里出西施，卢挚每次看到朱帘秀的表演，都说她音色动林梢，连夜里啼鸣的黄莺都要甘拜下风。讲到她的容貌时已经

最是元曲销魂

无法用人间的言语来描绘,唯恐会亵渎了她。其实朱四姐儿的一颦一笑未必好到如此程度,但在卢挚看来却有一种旁人无法感悟的美。因此,二人不得不离别的时候,卢挚才会苦闷无比。

才欢悦,早间别,痛煞煞好难割舍。画船儿载将春去也,空留下半江明月。

——卢挚《寿阳曲·别朱帘秀》

人间恶,欢情薄。生活本是聚少离多,更何况卢挚有公务在身,还是大家子弟,不可能总跟朱帘秀在一起。时值春季,二人刚刚爱到浓时,他就要踏上归程,朱帘秀也要赴他乡演出,这一分别不知道要多久才能相见。于是在分别之际,卢挚写下了这首《寿阳曲》,表达内心的离别苦痛。他感叹二人刚刚聚首,就要分别,心痛欲裂。面对载着朱帘秀离去的画船,感到周围的绿意和鸟鸣瞬间失色,一切的喜悦都被朱帘秀的画船载走,徒留他对着半江明月,追忆二人相处的时光。

离开的朱帘秀未料到卢挚对她动的是真情,待她收到卢挚《寿阳曲》这封"情书"时,一遍遍地读来,每一次都像在心口上割下一块肉般,痛彻难当,遂写下一曲《寿阳曲·答卢疏斋》,回应卢挚的深情。

山无数,烟万缕,憔悴煞玉堂人物。倚篷窗一身儿活受苦,恨不得随大江东去!

——朱帘秀《寿阳曲·答卢疏斋》

八斗才：可喜的寂寞

疏斋是卢挚的号，元人多用"斋"做号，以表示身心整洁。但那段时间，卢挚的心哪里能保持清净澄明，早如一团乱麻，扰得朱帘秀也跟着丢了魂。

坐在画舫里四处漂泊游艺的朱帘秀，倚着船头的栏杆，看着无数山峦从画舫窗前闪过，看着山野人家升起的青烟，黯然伤神。她早过惯了到处漂泊的日子，哪曾想过自己令卢挚这个翰林英才为她挂心消瘦。她不知道是该受宠若惊，还是该伤心。坐在这船头心烦意乱，折磨的既是他又是自己。卢挚说他那边唯余半江明月，自己又何尝不想成为江水，再次流到他的身旁，与他相守。

卢、朱二人隔着长江，一唱一答，词曲里的情谊珠联璧合，现实的分离又苦得令江水发涩。水犹如此，人何以堪。古人相信，"两情若是久长时，又岂在朝朝暮暮"。其实情到浓时，希望的正是日日缠绵。人们常说，短暂的分别是为了更长久的相见，然而又有多少爱侣因短暂一别而永世分离的呢？相见时难别亦难，别了之后再相见的可能更为渺茫。如果相爱的两人身份有别，一个是高高在上的"玉人"，一个是青楼里的"俗人"，分离之后，则更可能永世分别。

现实果然不容人们往美好去设想。一年之后，朱帘秀回到扬州定居，但与卢挚的情却不了了之。数年之后，她已是明日黄花，风采当然比不了新生代的角儿。她虽挂念卢挚，可已经身心俱疲。正在此时，有一方外人士对她格外尽心，希望能与她相守

最是元曲销魂

百年，这人便是钱塘的洪道士。此后，朱帘秀与丈夫一起隐居，二人的爱情是否画上圆满的句号，历史上并没有记录，不过可以从关汉卿的行迹当中略知一二。

那时，关汉卿已经在外畅游数十年，他每到一处闻得什么事迹就会写下剧本。在他80多岁的时候，突然觉得累了，遂打道回府，途经扬州时偶然遇到了朱帘秀。当时的关汉卿已经成了老公公，朱帘秀也已嫁为人妇多年，二人相对无言，感慨万分。

听说四姐儿嫁了个洪姓先生，他对你可好？

朱帘秀只是点头，含泪不语。

这番相见后不久，关汉卿就归乡了。十年之后，一代名角朱帘秀，有文学家之称的佳人香消玉殒。朱帘秀的一生，留给了很多人美好的回忆，也给一些人留下了刻骨的伤痛。洪道士在朱帘秀去世之前写下诗句，细细品来，竟是一种看透了痛彻心扉的平淡和哀伤。

二十年前我共伊，只因彼此太痴迷。

朱帘秀和卢挚，艳艳佳人，青青子衿，倒有一番才子佳人的意思。可惜，现实生活并不是戏剧。朱帘秀的身份，注定了她并不会有一个正当的名分，即使她和卢挚在一起，到头也不过是妾。当然，就当时的时代背景而言，或许她也会满足于此。但是，即使是妾的名分，这样一个风尘女子的经历，怕也会被人诟病。朱帘秀和卢挚之间，最大的障碍不是两人是否有情，而是两

八斗才：可喜的寂寞

人是否有缘。一个地位显赫的才子，一个沦落风尘的戏子，在那个时代的人的眼里，这般女子，收做玩意儿，如同雀儿花儿一样，也就罢了，若是动了情，便是傻了。偏偏，两人是真有情了。卢挚碍于身份和舆论，或许他的离去早就在计划之中，或许他对朱帘秀的爱意只是一时兴起，或许这个女子对他而言更像一个曲子或者剧目的灵感和素材……总之，两人错过了，朱帘秀错付了。

洪道士和朱帘秀之间，少了一份理想主义的才子佳人路线，似乎又多了一种平淡夫妻的味道。我们无从得知洪道士对朱帘秀的情感到底到怎样的程度，但是，能够写下"只因彼此太痴迷"的句子，总觉得还是有一份真心在里面的。他或许也很清楚朱帘秀和卢挚之间的故事，但是，他选择了静默和等待，是否也有一份用真情换真情的期望？

情爱在痴迷之中，便独有一份难言的滋味。

一句归去来兮,一声杏花街头

元英宗至元文宗年间(1321–1332年),朝廷翰林院中先后有两个非常出名的学士,一个是阿鲁威,另一个是王元鼎。前者是蒙古人,一心倾慕汉文化,偶像是写下《九辩》的宋玉;后者据说是汉人散曲家,也有人说他是西域人,本名应该是"玉王元鼎",后人笔误才给他换了名字。不管怎样,这两个人皆是饱读诗书的名士,至少他们的学识得到了朝廷认可。

本来两人并不相熟,但是在一个女人的心目中,他们二人站在了同一个天平之上。这个女人便是当时的名妓郭氏。元代前期三位杂剧、散曲的歌唱大家包括顺时秀、朱帘秀和天然秀,而顺时秀指的便是郭氏。

郭氏容颜秀丽,姿态娴雅,性格温柔可人,她所唱的闺怨剧流行于大江南北,轰动一时。阿鲁威对郭氏非常迷恋,只要一有时间就到青楼里听她的戏,二人私下也常坐下来喝酒聊天,阿鲁威一心把郭氏当作红颜知己。

有一次,阿鲁威听人说郭氏很欣赏翰林才子王元鼎,便去找郭氏问个清楚,想知道她到底更喜欢谁,但是又不好意思开口,于是拐着弯地问:"郭小姐,我写的词和王元鼎相比,你觉得谁的更好?"

八斗才:可喜的寂寞

郭氏哑然一笑,心知他要试探自己的心意,于是淡淡地道:"如果要是比治理国家、整顿地方的能耐,王元鼎自然是比不过大人了;不过若言风花雪月、儿女情长,却比大人懂得怜香惜玉多了。"

阿鲁威听完一怔,随即哈哈大笑。郭氏这个回答,可谓绝妙。如果说做大事,是他胜了一筹,这种夸奖对男人来说自然再好不过,哪个男人想被女人说成是没有能耐的主儿。然而郭氏又说自己不懂怜香惜玉,看似贬低,实际上是怪自己太不解风情,看来她对自己还是欢喜的。

阿鲁威身在官场,前半生可谓意气风发。他才学可人,仕途顺利,言辞间免不了豪兴胜人。可是他却偏偏喜欢战国时期浪漫诗人宋玉的诗,觉得宋玉的诗歌沉郁博大,内容厚而不冗,因而他自愿追随这种风格。不过,因为他是北方人,是以他的词曲里亦存在豪迈的风格。一半沉郁一半豪放,使阿鲁威的曲子"如鹤唳高空",既动听,又能将人带入凌云之端,感受爽朗的气质。

鸱夷后那个清闲?谁爱雨笠烟蓑,七里严湍。除却巢由,更无人到,颍水箕山。叹落日孤鸩往还,笑桃源洞口谁关?试问刘郎,几度花开,几度花残?

问人间谁是英雄?有酾酒临江,横槊曹公。紫盖黄旗,多应借得,赤壁东风。更惊起南阳卧龙,便成名八阵图中。鼎足三分,一分西蜀,一分江东。

——阿鲁威《蟾宫曲·怀古》

最是元曲销魂

阿鲁威的这两曲《蟾宫曲》是怀古之作,从情感上来说,自有一种缅怀古人的意思,但是细细品来,我们会发现,这种对能人的向往和对建功立业的野心之中,又夹杂着几分更加复杂的质疑,似乎是对未来的一种担忧——那些曾经建立过丰功伟业的人,后期又是怎样一种结局?他们所建立的伟业好像也没有千古永存,人生走到了巅峰便开始走下坡路了。所以,这两曲之中除了一种恢宏的怀古意向外,似乎还有应及时避祸、急流勇退的劝慰。

阿鲁威本身是蒙古人,在元朝时,他的出生就决定了他和汉族人不同的地位和际遇,他做过太守、经筵官、参知政事,一生还算顺遂。按理说,他可以继续在朝廷经营一份事业,但是,他却有种急流勇退的念头,或许这和元朝的动荡有关,或许他也认识到了元朝的气运并不能长久。他的生平不太详细,我们只能从他作品的字里行间去揣测其思想。

"鸱夷"说的就是范蠡,在越王勾践受难之时,范蠡献西施,谋计策,帮助勾践复兴越国。但是,事成之后,勾践却对范蠡心存嫌隙。范蠡心知有人可以同患难却不可以共富贵。所以,他之后出游五湖,改称姓"易"去了齐国,自号"鸱夷子皮"。

"七里严湍"又是一个典故。东汉时期,严子陵与东汉光武帝刘秀是好友,刘秀起事之时,他竭力辅佐。最后,事成之后,他隐居富春山,八十岁时寿终正寝。

"巢由"就是许由,相传,尧当年想把天下之尊的位置让给他,许由听不得这些功名利禄的事情,觉得备受侮辱。于是,自

八斗才：可喜的寂寞

己跑去颍水洗耳朵。最终，许由隐居在箕山。

"孤鸠"泛指隐居的人，"桃源"泛指隐居的地方。最后一个"刘郎"说的就是刘晨的奇遇。他与阮肇上山，遇见了两位仙子，在仙子的邀请下，两人去往山中做客。等到他们下山回家之时，才发现自己的子孙都不知道过了多少代了。结尾一句颇为传神，有一种恍如隔世的感慨。

我们再来看第二曲《蟾宫曲》。但凡了解三国英雄人物的人，应该猜得到曲中前三句所说的是曹操、孙权和诸葛亮三人。两曲都透着一种"归去来兮"的滋味。

世间谁是英雄？作者首先让自己站在了赤壁之顶，睥睨天下，放眼千秋。苏轼当年的赤壁一词推崇的是意气风发的周公瑾，然而，语调在急转直上后却于词尾萧条下来，道自己太多情，人生才会那般复杂。阿鲁威的《蟾宫曲》不同于苏轼对人生无常的感叹，而是品评历史名人。

曹操在历史上的正面评价要远远少于负面评价。窃国者、好战者，这样的名头追随曹操至死，后世很多文人也如此称呼他。然而其雄踞北方，横槊赋诗，"对酒当歌"，才情斐然，难道就不是风流人物吗？阿鲁威将曹操摆在了自己所写之曲的首位，可以看出他非常钦佩曹氏的能耐。

除了曹操以外，三国还有许多英雄于赤壁之地留下了华丽的身影，诸如孙权。孙权于赤壁一战成名，占据江东之地，自然也有王者风范。

而卧龙先生诸葛亮更是身负奇才，以八阵图困曹军，神乎其

神;辅佐刘氏,将蜀国治理得井井有条,鞠躬尽瘁,死而后已,同样也是人中龙凤。

魏、蜀、吴三分天下,三人居功至伟,各不逊色。

阿鲁威在曲中的称赞到此戛然而止,并无任何兴叹之语。其实,他是不想发出任何叹息,因为他正面临人生最美好的时光,正合该有所作为,所以他仅仅描述三国英雄的胸怀和业绩,无论历史给予他们何种褒贬评价,他们能在三国时代赫然横空出世,必有其过人之处。阿鲁威只想效仿其一,一展自己的才华。

第一曲通篇都是典故,透露的无非就是对"隐居"的思考;第二曲讲的都是人物,看似豪气盖天,其实也有一种无奈。

不写青青柳河畔的儿女情长,是阿鲁威一生曲作的特色,跟他比起来,王元鼎的柔情似水的确欠缺了男子汉大丈夫应有的旷达胸怀。

声声啼乳鸦,生叫破韶华。夜深微雨润堤沙,香风万家。画楼洗净鸳鸯瓦,彩绳半湿秋千架。觉来红日上窗纱,听街头卖杏花。
——王元鼎《醉太平·寒食》

王元鼎的这曲《醉太平》是他惯有的风格——温柔缱绻。农历三月初,也正是清明前的那段日子,人们称其为"寒食节"。刚刚出生的小鸦发出稚嫩的啼叫,宣告春天即将离开,夏日便要到来。经过一夜春雨润万物之后,花香深入小巷人家,唤醒了人们萌动的心灵。民间都认为"春雨贵如油",其实不无道理,大

八斗才：可喜的寂寞

地解冻之后，渴求水分的万物一得到点滴滋润，当然争先出土，一尝春天的滋味。在这种氛围下，不雅致的事物亦变得雅了起来。王元鼎甚至注意到了被雨水洗刷得晶莹剔透的楼上鸳鸯瓦，还有院中随风微微飘荡的秋千。就在此时，被洗净的天际升起一轮红日，街头传来了叫卖杏花的声音。

整个曲子并没有多少情感的抒发，无非就是描写客观的环境和物件。但是，无字着情却字字有情，在一种清朗的氛围中，每一处每一物似乎都有了自己的独特情致。我们面前似乎立即浮现出一幅动静结合的景致：初生的小鸦啼叫着，不知是发出新生的畅快，还是呼唤老鸦的归来；不知从晚上的哪个时段开始，细雨开始淅淅沥沥地下了起来，滋润着天地万物，清凉的晚风中似乎也带着一丝泥土的腥气和落红的残香。地面是湿润的，仿若听到了花儿、草儿、叶儿在这个季节和这场春雨中被打得哗哗啵啵的响动，乱颤着身姿；雨点儿落在了画楼的鸳鸯瓦上，必定会发出响声，瓦片愈发明亮清晰，雨水顺着屋檐缓缓落下；这场雨，这阵风，吹动了一架秋千，秋千被濡湿，空空荡荡地摇晃；日头起来了，温暖的红光映射在窗纸上，"我"睡眼惺忪地醒来，还有几分不甚清明，在渐稀的雨点儿声中，在带着爽朗气味的空气中，在温柔的阳光反射中，耳边是窗外依稀传来的叫卖声：杏花——杏花——

这幅场景平常简单却又如梦似幻。

"小楼一夜听春雨，深巷明朝卖杏花。"这是陆游的名句，被王元鼎化用成了《醉太平》的最后一句："听街头卖杏花"。这一

化用,令全曲瞬间发生了微妙的变化。有时候,后人在前人的诗词中常能觅得"芳草",放入自己的文章当中,便成了文章的点睛之笔。

端从《醉太平》一曲,完全可见王元鼎曲风的迤逦柔美,他的文辞能博得郭氏的欢喜也很正常。柳永、秦观、周邦彦之辈不也正是因为词做得好,才得到那么多美女的青睐。王元鼎的写景曲子有名,闺情词更是出色,郭氏是研究此类曲子的大家,当然会爱王元鼎多一点。不过,若是论起二人在政坛的作为,王元鼎的确不如阿鲁威。

两人同供职过翰林院,皆是官宦人士。阿鲁威亦未必总是仕途顺利,他也常有多愁善感之语,例如"断送离愁,江南烟雨,杳杳孤鸿"。但他的曲子始终充满了"水落江空""日暮江东"的豪气,在离愁别绪的怅然中,依然不减风采。这份坚强和决绝,王元鼎可说是望尘莫及。

如此看来,郭氏对二人的评价十分中肯。在一个女人的眼中,她的情人如能兼有阿鲁威、王元鼎两人的风姿便完美了。可是人总是不完美的,看古今多少风流人物,皆有稍逊风骚的时刻,不过,文人名士们只要保持自己的风格和本色,总有过人之处。即便没有阿鲁威的肝胆,有王元鼎的明丽同样不错。人不是在为别人而活,而是在为自己博得一片可供栖息之地,男人们如果不是各有特色,怎能让女人终日挂心,为他欢喜为他忧呢?

八斗才：可喜的寂寞

我是响当当一粒铜豌豆

国学大师王国维在讲到关汉卿的剧曲时说："关汉卿一空倚傍，自铸伟词，而其言曲尽人情，字字本色，故当为元人第一。"如果说，元代有人能完全用真性情去体会生活、书写生活，那么这个人必然是关汉卿。后人称关汉卿为"东方的莎士比亚"，言下之意便是说他在用灵魂倾听世界。

一个能写出好剧本的人绝对不是一个脱离生活的人。大多数的史实记载，关汉卿生活在公元 1300 年前后，晚号已斋叟。他与马致远、郑光祖、白朴并称为"元曲四大家"，并且位列榜首。这个在历史上连生卒年记录都没有的人，一生都在漂泊中度过，不知何时悄然闻名于大江南北，也不知何时完全遁迹江湖。但可以肯定的是，他在人世间的各种生活体验，终于成就了这样一位剧坛大家。

生活经历的扑朔迷离，并没有令关汉卿本人的性格变得难以揣测，相反，他个性十足，而且在当时的文坛上别树一帜，这在他的套曲《一枝花·不伏老》里可以明显地看出。

【梁州】我是个普天下郎君领袖，盖世界浪子班头。愿朱颜不改常依旧，花中消遣，酒内忘忧。分茶攧竹，打马藏阄，通五音六律滑熟，甚闲愁到我心头？伴的是银筝女银台前理银筝笑倚银屏，

最是元曲销魂

伴的是玉天仙携玉手并玉肩同登玉楼,伴的是金钗客歌金缕捧金樽满泛金瓯。你道我老也,暂休。占排场风月功名首,更玲珑又剔透,我是个锦阵花营都帅头,曾玩府游州。

【隔尾】子弟每是个茅草岗、沙土窝初生的兔羔儿乍向围场上走;我是个经笼罩、受索网、苍翎毛老野鸡蹅踏的阵马儿熟。经了些窝弓冷箭蜡枪头,不曾落人后,恰不道人到中年万事休,我怎肯虚度了春秋。

【尾】我是个蒸不烂、煮不熟、捶不匾、炒不爆、响当当一粒铜豌豆。恁子弟每谁教你钻入他锄不断、斫不下、解不开、顿不脱、慢腾腾千层锦套头。我玩的是梁园月,饮的是东京酒,赏的是洛阳花,攀的是章台柳。我也会围棋、会蹴鞠、会打围、会插科、会歌舞、会吹弹、会咽作、会吟诗、会双陆。你便是落了我牙、歪了我嘴、瘸了我腿、折了我手,天赐与我这几般儿歹症候,尚兀自不肯休。则除是阎王亲自唤,神鬼自来勾,三魂归地府,七魄丧冥幽,天哪,那其间才不向烟花路儿上走。

——关汉卿《一枝花·不伏老》

此曲字字珠玑,精彩异常,逐字逐句都是关汉卿个性的体现。在"梁州"的第一句中,关汉卿便自夸"普天下郎君领袖,盖世界浪子班头"。历史上敢于吹嘘自己是俏郎君,而且事事皆会的,除了汉代的东方朔以外,恐怕也只有关汉卿了。然而,当时的很多文坛中人都说关汉卿的确风流倜傥、博学多才,无论吟诗、吹箫、弹琴、舞蹈、下棋、打猎等,无一不精,而且是当世的脱口秀第一人。因此回过头再看这三段唱曲中关汉卿自夸精通各种技艺,应该不是吹嘘。

八斗才：可喜的寂寞

关汉卿原本家学从医，曾在皇家医院任职，给皇上、娘娘们诊过脉、熬过药。他天资聪颖，学任何东西都一点就透，可偏偏对医学就是提不起兴趣，反而爱上了写剧本，天天在外游荡，厮混在各地的秦楼楚馆，和乐姬乐师成了朋友，与戏子们喝酒吃饭，唱自己喜欢唱的曲，表演迷倒万千世人的戏。

元末剧作家贾仲明说关汉卿是"驱梨园领袖，总编修师首，捻杂剧班头"。此话可以说是对关汉卿最大的恭维。"梨园"是古代戏剧班子的总称，关汉卿被说成是班子领袖、编剧一行最高领导人，这样的评价，其他剧作家是得不到的。

关汉卿从事戏剧写作而放弃医术，这其中的原因可以说是个谜。一来可能是他真的没兴趣当医生，毕竟每个人都有自己的志向和爱好，如果循规蹈矩地按照家庭的安排成为医生，人生就变得中规中矩，关汉卿自觉就这样活到老也会满腹牢骚；二来大概他也有几分鲁迅先生那样的想法。鲁迅学医十多年，突然改写文章一途，他的想法是单纯医治中国人肉体上的创伤并不能改变人们受压迫的事实，必须要从精神上医治中国人。关汉卿未必有这么明确的意图，但不影响他一门心思扎进了市井、乡村，写人们的喜怒哀愁，暴露社会最底层的黑暗。他笔下的每个人物，特别是女人，都正直、善良、睿智，面对惨淡的现实和命运的捉弄，即使死亡也从未低头敛眉。

因为有既定的生活目标，关汉卿弃医从文的信念更加坚定，在生活上也更加放纵自己。作为他的红颜知己，朱帘秀也曾劝过他不要那么玩世不恭。关汉卿是个灵秀的人，本应有大好前程，

偏偏捡了风流子弟的头头当，家人恐怕要失望了！

朱帘秀一面劝说，一面给他倒酒。

关汉卿听了这话哑然失笑，原来如四姐儿这般聪敏的女子也不了解他，难道当个大夫就一定比当个戏子班头强吗？若是成了医生，能济世救人总还好，若是医死人便糟了；而写戏是娱乐群众的工作，绝对不会闹出人命。关汉卿淡笑不语，叫朱帘秀拿来纸笔，遂写下了上面这套曲子《一枝花》，并送给了朱帘秀。

在《一枝花》的套曲中，最精彩的部分要数"尾"曲的前两句，关汉卿自称是"铜豌豆""千层锦套头"，言下之意自己又硬又韧，谁也管不了，谁也劝不了，个性十足。他身在勾栏，周边美女如云，却并不爱人间情事、风花雪月。他只爱吹拉弹唱，在烟花寨处处留下自己的才情和风格。他希望人们通过他的笔和戏，看看这世界疯狂到什么程度。如果有人要迫他闭嘴，就算打断他的腿脚、打歪他的嘴巴、毁他的容，只要他还有表达的意识，就绝对不会善罢甘休。除非是"阎王亲自唤，神鬼自来勾，三魂归地府，七魄丧冥幽"，他才能闭上自己的嘴。

留恋风月的关汉卿，并不是在浪费青春年华到处拈花惹草，而是用自己的话惊醒这个尘世。他的信念在字里行间已经言之凿凿，朱帘秀也不好再说他，反而被他的逗趣和坚持感动，将《一枝花》的曲子和词仔细收藏起来。

几千年来，言明志向的大家不在少数，但能如关汉卿这般"我本楚狂人，凤歌笑孔丘"的狂妄嬉皮的人却很稀少。他生性

八斗才:可喜的寂寞

不羁,对不平的现实社会不满,但他也心存同情,怜悯苦难的芸芸众生。他自知没有高明的医术可以悬壶济世,不过他却用犀利的笔锋来拯救世人。

莎士比亚曾说:"若是一个人的思想不能比飞鸟上升得更高,那就是一种微不足道的思想。"关汉卿虽然站在社会最底层,但他的灵魂达到了他人难以企及的高度,这可能也是他被称为"东方莎士比亚"的最大原因。

最是元曲销魂

人生看得几清明

千古谏臣以魏征为最,宋代能望其项背的恐怕也就只有寇准,到了元朝政治混沌时期,能出现诤臣并不是件容易的事情,不过也不是不可能。元世祖忽必烈还在位的时候,谏臣王恽虽非蒙古人,却得到了元世祖的倾心信任。非但如此,王恽还是皇太子真金和成宗皇帝铁穆耳的辅佐重臣,也是他们的老师和朋友。

数十年经历三朝更迭,王恽已经成了国家元老级重臣,但他却从不敢怠慢,始终尽最大的能力来扭转世态的不平,一生刚直不阿,清贫守职,好学善文。王恽的这种性格跟他豁达、积极、严谨的品性有关,另外可能也是受了文学大家元好问的影响,后者曾是王恽的老师。

元好问是个书香富家子,年轻的时候生活优裕,满腹才学,经历金元变动之后,变得格外谨慎、正直、廉明。经历了长久的苦难时代,人往往变得成熟,也会影响其后人的行为方式。王恽承继了师父为人处世的风格,所以刚当上监察御史,就开始整顿各地的贪官污吏。

当时负责水利的中央级官员刘氏,利用治水导河之便,贪官粮数十万石。王恽派人明察暗访,终于得到刘氏监修太庙时从中偷工减料、中饱私囊的证据,遂上书弹劾他。刘氏做贼心虚,一

八斗才:可喜的寂寞

直担心被皇帝砍了脑袋,竟抑郁成疾,一命呜呼。

至元二十六年(公元1289年),王恽时任少中大夫、福建闽海道提刑按察使,不但上疏要求选拔人才到沿海填补地方职能空缺,还撤了四十多名贪官污吏的职,将文武精通、耿直清廉的人一一推上正职。后来有地方百姓请他吃饭,他一看到山珍海味竟然哭了,回家之后就写了一封谏书,希望皇帝能免租,让百姓生活更富裕一点。皇帝在不久之后就批准了此事。

王恽做的事情,大多数都能得到皇帝们的支持,官路可谓一路亨通。他终年七十八岁,到死都受到元王室的尊重。也难怪他写的词曲,抛却了景、人的因素,总有豪情万丈。

苍波万顷孤岑矗,是一片水面上天竺。金鳌头满咽三杯,吸尽江山浓绿。蛟龙虑恐下燃犀,风起浪翻如屋。任夕阳归棹纵横,待偿我平生不足。

——王恽《黑漆弩·游金山寺》

此曲《黑漆弩》是王恽到金山一地时所写,前面四句是站在金山上描写江水,后面四句则是乘船后对沧浪的感叹。

金山是江苏镇江西部的一个小岛,位于长江边上,金山寺自然就在此处。说起这个寺庙,让人立刻想到白娘子"水漫金山"的故事。王恽来到此处,目的是为了游金山寺,但他的曲中几乎没有关于寺庙的描写,也没提到白娘子与许仙的故事,而是立于小山之上,望万顷碧波,看天高水远,想象自己置身天竺圣地。

登临高处,人的胸襟会不由得变得旷达,曹操观沧海、苏轼

看赤壁，皆是胸涌豪情。王恽自然也想如古人一样，做一次"一樽还酹江月"的洒脱之事。不过他没有将酒水便宜了江水，而是痛饮数杯，恨不得自己有神鳌的海量，将江山绿川连同酒水一起"吸尽"。吞八荒并六合的气势，自古便是人们最向往的，王恽被风物所撼，豪情自然就扼不住了。

黑碣尖翘，水浪滔天，如同被蛟龙翻搅。王恽在后曲的开篇用了"蛟龙恐燃犀"的典故。据《晋书·温峤传》记载，温峤到长江西北的采石矶，听说矶下的水深不可测，有蛟龙等怪物，于是点燃犀角观察，果然看到了类似蛟龙的怪物。那怪物怕燃烧的犀角，吓得翻腾不已，搅起了倾天大浪。王恽看着眼前翻腾的沧浪，禁不住想起了这个典故，游兴更盛。

轰鸣的大浪让许多船调转离去，王恽却执意乘船迎浪直上。他的目的当然不是为了冒险，而是游乐的情绪蓬勃不已，不肯回头。他认为，人生就应该知难而进，游玩要趁着兴致不减时寻求刺激，做事业要趁着还有激情时忙碌不止。人生没有风险，哪来的成就呢？人们总是强调抓住机遇，其实伴随机遇的正是风险。

在王恽一生的事业当中，大多本着机遇与风险并存的观点。元王朝将人分出三六九等，对汉人尤其诋毁。他却经常向皇帝递上奏折，谏帝王"礼下庶人，刑上大夫"。《礼记》中有种说法是"礼不下庶人，刑不上大夫"，意思就是说庶人没有资格受到礼遇，士大夫级别拥有特权不受刑。但这一套在王恽心里偏偏调转过来，他所提倡的是"王子犯法与庶民同罪"。在元王朝并不

八斗才：可喜的寂寞

算开明的政治条件下，王恽可谓吃了熊心豹子胆，却丝毫没有惧色，坚持自己的主张。也正因如此，才有很多人惧了他，而元朝前期的几位比较明智的帝王亦对他礼遇有加。

一个有原则的人，往往会使他人肃然起敬。这样一个刚直的人物，在官场里混迹多年而没有受到陷害，的确是个奇迹。

久经仕途，在外游宦多年的王恽又一次到了江南。从前游的是金山，这次则来到了江南水乡。他本想继续豪迈放歌一曲，说说自己在事业、为学、人生上的志向和体会，却发现水乡里的景象似乎调动不了他的激情，反倒是水上采莲女们妖娆、欢快的模样吸引了他，让他的心顿时变得柔软起来。

采菱人语隔秋烟，波静如横练。入手风光莫流转，共留连。画船一笑春风面。江山信美，终非吾土，问何日是归年？

——王恽《平湖乐》

不知道是不是地域的原因，人们一说到江南，总会提起"采莲女"，诗也好，词曲也好，小说也好，用"采莲"做文章的不在少数。王恽未能免俗，也折了文坛上的这株莲花，他的《平湖乐》没有滚滚碧涛，而是静波水烟。

水上腾升的烟波如白练一般，在朦朦胧胧中隐约能听到采莲女们的笑声。她们探出纤手，撷下一株莲蓬，虽然因为江雾的关系，王恽看不清她们甜甜的脸蛋，但依然能感觉到她们的美。单听得船中传出她们的笑声，就令他如沐春风了。

此处美景之胜，本应让人乐而忘返，可是王恽却突然感伤起来，对所有景致失去了兴趣，反而思念起北方的家乡，不知离开多年的家变成了什么样子。此处正是"萧索更看江叶下，两乡俱是宦游情"的真实写照。越是胜景，越发激起人的乡情。乡愁，化作了采莲女手中的小小莲蓬，离开了植株，采莲人的喜悦却是莲子离开母体的悲哀。王恽的伤感，估计由此而来。

自江南游宦归京之后，正逢成宗皇帝铁木真生日，王恽没有送上珠宝、玉帛，而是以长达十五篇的《守成事鉴》，劝诫帝王应勤劳思政、治国安邦，并一一讲出为政对策，表现出忠心事主的一片赤诚。成宗念他赤胆忠心，特别封他为通议大夫。可不久之后，王恽就像他在江南水乡里所流露的情绪一样，思乡情切，便隐退回到家乡汲县，在那里度过晚年。

时光匆匆而逝，那一夜，王恽的陋居里长灯熄灭，皇帝再派人去探望这位老臣时，只看到茅屋外挂着一条白色的祭绫随风飘动。

得知王恽老死乡间的噩耗，皇帝心痛异常，送了王恽"清明"二字作为谥号。这二字对身在泥淖却如青莲出水的王恽来说，应担得起。古有"鞠躬尽瘁，死而后已"的忠肝义胆之臣，王恽用一生实现了这句话，称得上无愧于天地。

八斗才：可喜的寂寞

得意秋，分破帝王忧

如果是开国功臣、身居要职，或位高权重、得皇帝青睐，又或屋有重金、娇妻美妾，人生当中具备这些条件当中的任何一项，就足以过着美满的日子，而伯颜一人就将这些条件尽享。

伯颜生于西亚蒙古四帝国之一的伊儿汗国，是蒙古巴邻氏后裔，他的祖父阿拉黑、祖叔父纳牙阿都是成吉思汗的开国元勋，他的父亲晓古台和他本人臣属成吉思汗幼子托雷家族。托雷做监国时，就注定了伯颜家族在汉元帝国中的不平凡。

一次偶然的机会，伯颜入朝给忽必烈奏事，结果忽必烈一眼就看出他以后必成大器，将其留在身边。不久，伯颜便先后升为中书左丞相、中节右丞、知枢密院事，专司主持伐宋的军政要事。公元1273年，忽必烈汗任命他为伐宋的最高统帅，与左丞张弘范兵分两路攻打南宋。陆秀夫与宋朝小皇帝的跳海，宣告了以伯颜为首的蒙古南伐军大获全胜。

甩鞭下马，伯颜大踏步走进了位于临安的南宋皇宫，两侧铁甲兵以整齐的步伐跟在他的后面，轰鸣的脚步声响彻殿霄，盔甲明晃晃的光泽为瓦片染上了一层雪色。蒙古人当时的意气风发，怎能用言语形容。当晚，伯颜便命人大摆宴席，与张弘范举杯同庆。

最是元曲销魂

金鱼玉带罗襕扣,皂盖朱幡列五侯。山河判断在俺笔尖头。得意秋,分破帝王忧。

——伯颜《喜春来》

酒过三巡,兴之所至,伯颜忍不住唱了起来。"对酒当歌,人生几何",曹操酒后慷慨陈词,伯颜也想试试这种爽快的滋味。位及行中书省丞相之职的伯颜,人生得意在所难免。在这曲《喜春来》当中可看到他得意非常的原因:腰缠玉带悬金鱼配饰,出入身穿紫气东来袍,乘的是一品大臣黑盖红幡车,笔尖所写的是主宰大好河山未来去向的文书,谈吐运筹帷幄,行走迅疾如风,生平不做他事,专为帝王解忧。此等业绩,伯颜当然有理由大谈特谈。

张弘范坐在在一旁听得热血上涌,忍不住也跟着迎合一曲:

金装宝剑藏龙口,玉带红绒挂虎头。旌旗影里骤骅骝。得志秋,喧满凤凰楼。

——张弘范《喜春来》

看元帅伯颜一副自豪的模样,张弘范也以《喜春来》为曲牌作了此曲,他说自己不但有玉带、红绒,还有宝剑和代表军威的虎头配饰在腰间,行头上也不输伯颜。想当初他在厓山海域与宋将张世杰对阵时,张世杰据厓山天险,以守代攻,张弘范遂封锁住了海口,切断了宋军淡水的来源,硬是将宋军围困击败。看着宋丞相陆秀夫背着幼主赵昺跳海而死,张弘范将南方海域悉数

八斗才：可喜的寂寞

平定，甚至还在石壁上刻了"镇国大将军张弘范灭宋于此"十二字，嚣张一时，名满"凤凰楼"。凤凰楼地处武则天的故乡，弘范用它来指代天下，意思是说自己已经名扬大江南北。

伯颜听出张弘范话中的意思，对他颇为不屑。张弘范逼迫陆秀夫和宋室幼帝一老一弱惨死，伯颜不认为那是大丈夫该有的作为。伯颜一生最重视的并不是名誉和富贵，而是如何管理这偌大的疆土。

"得意秋，分破帝王忧。"得意之际，绝不能忘了自己身兼护国重任。伯颜灭宋之际，始终都在想方设法为元王朝拉拢人才。当初元兵俘虏宋朝明臣文天祥，伯颜是蒙古将领中唯一主张力劝文氏投降的人。文天祥乃治世之才，如果忽必烈能得此人相助，相信元朝江山会更加稳固。此时的伯颜不但有眼光，而且能做到不忌才，在元人当中难能可贵。不仅如此，他在劝文天祥时，被后者骂得狗血淋头，却毫无怒色，这份胸襟与他在曲子中所展露出的气度如出一辙。

蒙古人南下灭宋，伯颜可以说是第一个迈出铁蹄的人。虽然在当时看来，伯颜是个负面角色，但如果站在历史的角度，只能说各为其主，他在自己的职位上做着他该做的事情，无关是非。他是元朝的一代良相功臣，与过往朝代开国功臣的畏首畏尾截然不同，他并不怕帝王的猜忌，因为他坚信自己始终忠心护国，不仅如此，他还与帝王结下了深厚的友谊，互为知己。作为开国元勋，其实就当有他的恢宏气魄，无论谈吐行动都能做到来去自如，毫无遁世、厌世之气。在偌大的元王朝里，四处都是退隐之声，而他的《喜春来》却反隐退，出仕为国，令人浑身一震。

灭宋之后，伯颜随忽必烈南征北战，曾平叛乃颜之乱。乃颜本是成吉思汗幼弟铁木哥斡赤斤的玄孙，为元朝蒙古宗王。忽必烈给他大面积的封地，为他建立行省，施行地方自治。但乃颜仍不知足，勾结成吉思汗的两个弟弟哈撒儿、合赤温的后代势都儿和胜纳哈儿、哈丹秃鲁乾等人，举兵叛乱。

伯颜与忽必烈的爱将玉昔帖木儿一上阵，将叛军打得仓皇而逃，回京之后两人分别得到嘉奖。伯颜在两年后升为知枢密院事。由于元江山未定，时有叛乱发生，伯颜一直奔走于战场。一生过于顺遂的伯颜，从未想过有朝一日自己会遭到谗言。一些朝臣以"将在外，君命有所不受"的罪名在忽必烈面前大说特说，令忽必烈心生疑窦，忽必烈左思右想，生怕再有变乱发生，决然将伯颜罢职。世祖死后，铁穆耳即位，立刻将伯颜官复原职，但此时已是"廉颇老矣"，一身病痛的伯颜无力再上战场，于第二年病卒家中，被追封为"淮安王"。

淮水历来是元朝认为最重要的南北水域、气候分界线，军事意义非凡，以"淮安"二字作为伯颜的谥号，说明帝王肯定了他一生的丰功伟业。

曾经的伯颜是战场上的枭雄，做好了马革裹尸、客死异乡的准备，对军人来说，这是最有尊严的死法。虽然他很想实现这个愿望，但命途的波折并没有给他机会。不过，伯颜死后被追封为"淮安王"，证明他是个真正的军人，是当之无愧的元初第一将。

八斗才：可喜的寂寞

如果伯颜能再于尘世走一遭，回忆往昔何事最销魂，当然还是他在盛宴大唱《喜春来》的时刻，人生的意气风发全在雕梁画栋间徘徊；还有那些打了胜仗班师回朝的时刻，他从未想过自己居功至伟，随身只带破行囊衣被，上朝时军服破败，俯身跪地不求名，但望安定大元江山。

功名集于一身，还有什么不知足呢？即便死去也可以安心闭上双眼。人生一世，从何而来，复归何处，俯是死，仰同样是死，走到最后始终是要躺下来谦卑躬身地结束。什么都拥有过的伯颜什么都不怕失去，结束得很淡然，也很坦然。

 最是元曲销魂

敬故事一杯酒

君王曾赐琼林宴,三斗始朝天。文章懒入编修院。红锦笺,白苎篇,黄柑传。

学会神仙,参透诗禅。厌尘嚣,绝名利,近林泉。天台洞口,地肺山前,学炼丹,同货墨,共谈玄。

兴飘然,酒家眠。洞花溪鸟结姻缘,被我瞒他四十年,海天秋月一般圆。

——张可久《骂玉郎过感皇恩采茶歌·为酸斋解嘲》

帝王为其设宴,文曲星为其引路,享尽了荣华富贵,却对这些视如敝屣,宁可远尘嚣绝名利,入山林与花鸟同眠,求仙问道为归路,此人便是元朝一代奇葩——小云石海涯。

张可久在忆起这位至交好友时,对其才情和一生的作为既佩服又感慨,为他可惜又为他庆幸,于是写下了上面这曲《骂玉郎过感皇恩采茶歌》,一面纪念刚刚离开人世的贯小云石海涯,同时也是回忆二人相识多年来的往事。

小云石海涯又名贯云石,号酸斋,公元1286年出生于元大都西北郊高粱河畔维吾尔族人聚居的畏吾村。因家庭祖辈极其显赫,可以说他成长于众星拱月的富足环境。贯云石的父家是武将

八斗才：可喜的寂寞

出身，父辈众人皆在南方任军政要职，母亲廉氏则是维吾尔名儒廉希闵的女儿。廉家频出文士才子，廉氏的叔父廉希宪曾任元朝宰相，被元世祖尊称为"廉孟子"。幼年时期的贯云石常随母亲住在廉家的"廉园"里，他一面学武，一面修文，在文武双重熏陶下，很快便成为潇洒的好男儿，儒、侠集于一身。

父亲死后，贯云石直接继承了爵位——两淮万户达鲁花赤，位居三品，握有兵权，下统十余万百姓和近万名将士。不仅如此，当时朝廷内握有重权的人皆多次举荐他，元英宗特许他为太子玩伴，意思即是将他作为辅佐未来君王的班底。

权财皆在眼前，贯云石理当意气风发，可他在家乡整顿军纪、训练兵马之际，越发觉得这样的生活不适合自己。他厌恶战争和杀戮，想有所作为又不希望通过武力实现。但他是个军人，不可能走不溅血的仕途，只有专心修习文学，才能让心灵得以净化。他听说京城姚燧姚大学士学名显赫，人格亦是上上品，决定拜入姚燧门下，于是毅然将爵位让给弟弟，进京拜访姚燧。

他学习了汉文化之后，还曾经担任过翰林院侍读学士等职务，可道一声文人清贵。按理说，这正好是他一展才华的大好时机。谁知道，这人年纪轻轻竟然选择了辞官归隐，此后便在"上有天堂，下有苏杭"的杭州过起了闲散日子。贯云石不仅擅长诗文，书法上也颇有造诣，一手隶书、草书自成一家。《乐郊私语》对他的评价是——"云石翩翩公子，所制乐府散套，俊逸为当行之冠，即歌声高引，可彻云汉"。

最是元曲销魂

> 弃微名去来心快哉,一笑白云外。知音三五人,痛饮何妨碍?醉袍袖舞嫌天地窄。
>
> ——贯云石《清江引》

陡然放下家庭的重担,贯云石顿觉全身轻松,云淡风轻。这首《清江引》是他真实心情的写照,也言明了贯云石的毕生志向,只愿觅得"知音三五人",同袍同饮,把酒言欢。喝醉了之后舞袍弄袖,大跳醉舞,任意挥洒衣袍,天大地大,有不尽的空间可以任他施展,不必再受任何束缚。

人心已宽,便可容纳万物。在"廉园"居住的时候,贯云石结识了赵孟頫、程文海等当世显赫才子,在他拜入姚燧门下后,也结交了许多才高八斗之人。他与这些人常常到山林里徜徉,谈论诗文,对饮欢歌,乐而忘返。甚至连姚燧都与贯云石从师徒变成了好友,二人常坐在一起争论问题,下棋喝茶,引以为人生最大的乐趣。姚燧生性严谨,鲜少夸人,对贯云石的文辞却赞不绝口,认为他有古乐府的风韵,无论写诗词还是做人,皆玲珑剔透。

元仁宗即位不久(公元 1313 年),年仅二十七岁的贯云石进入翰林院成为侍读,升为皇帝的直属秘书,专门提供治国见解,参与制定国家政令。元朝的统治者在选取翰林贤臣上格外重视,基本由皇帝钦点,即使是皇亲国戚,没有真才实学依然无法走近皇帝身边。翰林院负责整理国家的政策等史料,影响千秋万代之后的名声,仁宗格外重视这一点,还亲自委任贯云石为维吾尔族

八斗才：可喜的寂寞

第一翰林学士。

获此殊荣，贯云石不可能无动于衷。他开始积极参政，直言敢谏，大有前辈王恽的风采。正当此时，仁宗想借儒家学说来控制民众思想，于是萌生了恢复科考的想法。这时贯云石正在教导太子读书，领会了仁宗的意思，便与身居翰林承旨一职的好友程文海一起筹备恢复科考的条令。他们主张恢复宋代科举制，选拔人才不拘一格，仁宗表面上点头，却根本没有实际举动，贯云石大失所望。不久，姚燧辞官隐退给了他很大的刺激，他更加认为没必要再待在朝堂之上。

在贯云石尚未提出辞官时，一些极力反对恢复科举制度的官员站了出来，暗中陷害贯云石，说他妖言惑众、愚弄东宫，想左右元王朝未来走向。仁宗虽然没有相信谗言，贯云石却闻讯惊恐，暗道原来当个文官比武将还要惊险，在沙场上明枪易躲，在官场上却是暗箭难防。如果宫廷里再出现政治斗争，根本不是自己一个区区翰林学士能担待得起的。

贯云石的担忧并非无凭无据。元武宗、元仁宗即位之前，宫廷内发生过夺位溅血事件，例如武宗即位时，曾拥立过安息王阿难答为皇帝的铁木儿、阿乎台等人皆被处死；仁宗即位之后也是排除当年曾反对他做皇帝的人。贯云石在当翰林学士期间，曾进"万言书"批评仁宗对"八百媳妇国"和吐蕃用兵，又曾讲过太子言行不正的"坏话"，这些都是有心人可以拿来陷害他的把柄。贯云石心知只要有人想置他于死地，他很容易就会被扳倒。思来想去，觉得越来越凶险，贯云石便辞官退隐了。小小的翰林一职，他仅仅当了

一年而已。

仁宗延祐二年（公元 1315 年），贯云石避居杭州，在这里建起了属于自己的陋居，仿效陶渊明过着独自下地耕田的闲适生活。可每至午夜梦回，依然对当年在朝廷经历的那场"恢复科举风波"心有余悸。

竞功名有如车下坡，惊险谁参破！昨日玉堂臣，今日遭残祸。争如我避风波走在安乐窝。

——贯云石《清江引》

这首《清江引》与上首同写于酸斋旅居杭州之际，然而上一首的情感潇洒淡然，似乎还存有年轻人的洒脱与快活，与他刚让爵给弟弟时的情绪极其切合。但再看这首《清江引》时，却明显能感到他内心的凋零，归隐只为寻得片刻安乐。

竞逐功名如同车下陡坡，凶险异常，弄不好一头扎进沟里，摔得遍体鳞伤，更有可能粉身碎骨、一命呜呼，其中未知之数叫人惊悚。身在官场也是一样，不是简单地就可以参透凶险，也许前一刻还是朝堂里的机密要臣，与皇帝耳鬓厮磨，下一刻已身中暗箭，横死牢中，还不如像他一般远远地逃开，寻找一个可居之所。此曲的末尾一句，可看出贯云石对世间的名利已经完全参破。

无奈的叹息之语，是贯云石沉迷显贵生活之后的顿悟，其中不乏那些不足为外人道的心酸。不过，他能及早抽身去寻求避居乐趣，却也是极为明智之举。而且恰恰是因为他避居江南杭州，

八斗才：可喜的寂寞

在那西湖堤畔度过了他的似水年华，使他不断找到文学上的灵感，才攀上了词曲文学的高峰，令他的曲子灵秀清新，内容生动自然，唱起来朗朗上口。也是在这绿野山川中，贯云石参透了武修的至境：止戈终生，静以养性。

绿阴茅屋两三间，院后溪流门外山，山桃野杏开无限。怕春光虚过眼，得浮生半日清闲。邀邻翁为伴，使家僮过盏，直吃的老瓦盆干。

满林红叶乱翩翩，醉尽秋霜锦树残，苍苔静拂题诗看。酒微温石鼎寒，瓦杯深洗尽愁烦。衣宽解，事不关，直吃的老瓦盆干。

——贯云石《水仙子·田家》

《田家》本有四首，这是其中的两首，就是作者对自己田园生活的描述和赞美。虽然也曾经有过建功立业的心思，但是，贯云石终究是看破了世道，看透了官场，于是投身于山水花草酒食之间。

且看，虽然是几间小小茅屋，但是却落户于偌大的自然之中，门前便是一片树荫，纳凉也罢，观树也好。院子后面清溪流水，或浣洗衣物，或浅溪垂钓。再看山头之上，好一派春日风光，那是满山满树的野生桃儿杏儿，放眼望去，竟是无穷无尽的连绵。这一番风光霁月怎么能够错过呢？要是从未见过，岂不是辜负了这大好春光？哎呀！偷得浮生半日闲，乐哉乐哉。有美景，又岂能没有美酒？叫上邻居家的老翁，再唤来童子把盏，一

定要吃得尽兴才可以啊。

第一曲是春日的喜,第二曲是秋日的乐。

曾经漫山遍野都是翩翩跹跹的红叶,招招展展,煞是好看。秋日之中,打霜之后,叶儿难道也喝酒了?要不怎么一片醉红?凋残的红叶一派愁绪。青青苔藓,题诗行来。酒水只是稍稍温热,石炉还没有热乎过来,再大的愁绪不也随着酒水尽了?宽衣解带透透气,这世上还有什么事情值得我再去关心烦恼,且喝尽这一杯吧!

贯云石,是一个有故事的人,经历了风风雨雨,富贵权势,终究是敬了自己一杯酒。

风尘客：万水千山走遍

最是元曲销魂

不如归去,不如归去

白朴,一个扑朔迷离的传奇文人。作为"元曲四大家"之一的他,有着一段不为人知的悲情人生,而在离开人世时,也有别于芸芸众生。看他的《墙头马上》一剧,里面充满了对人世美好的坚定信念;再看他的《唐明皇秋夜梧桐雨》一剧,又折射出多情悯世的一面,究竟哪一个是真实的他,或许两者都有吧。

出身官宦世家的白朴,其父白华是金宣宗时期的枢密院判,后来改投宋朝,蒙古人统一全国之后,又做了元朝的官。古有"臣节"一说,忠臣不事二主,白华被逼无奈在几个王朝的士林中摇摆,被士林所不齿,加之他又不被朝廷倚重,因此总是自怨自责,心理压力极大。白朴自幼龄时就整日对着愁思满面的父亲,他幼小的心灵就此落下了浓重的阴影。

白家是元初文坛上享有盛名的文学世家,白朴的仲父白贲虽早逝却已有诗名在外,而多才多艺的元好问更是白华的好朋友,对白朴格外喜爱。金灭亡时,汴京城破,白华与妻儿失散,蒙古兵进城大肆劫掠,导致白朴、姐姐与母亲分离,幸而元好问及时赶到,救下白朴姐弟二人,带着他们四处奔逃,生活极为艰辛。

元好问对白家姐弟视如己出,在白朴身染瘟疫、生命垂危之

风尘客：万水千山走遍

际，元好问抱着他数夜未眠，直至他浑身发汗病愈，元好问才昏倒在地。对于这个"父亲"，白朴始终铭记于心，无论从品行还是文学上，均极力向元好问学习。看到白朴如此聪颖灵秀，元好问亦对他非常喜爱，在读书、为人处世方面格外用心地培养他。

元太宗九年（公元1237年），十二岁的白朴被元好问送回了父亲白华身边。白华欣喜若狂，感到十年恍如一梦，没想到有朝一日还能见到失散多年的儿女，漂泊多年也是值得的。白朴就此在北方真定城安居，成为当地很有名气的少年才子，很早就被朝廷启用。他刚一做官就萌生退意，因为当年蒙古兵夺他家产，伤害他的亲人，这使他对元统治者深恶痛绝，他更不解的是为何父亲仍甘愿屈于元朝的淫威之下。面对这满目苍凉的山河，他忍不住伤心欲绝，只想甩手离去。

知荣知辱牢缄口，谁是谁非暗点头。诗书丛里且淹留。闲袖手，贫煞也风流。

——白朴《阳春曲·知几》

半生荣辱，早已看得清楚，只不过不想说罢了，谁是谁非暗自琢磨，即使能辨别出对错又怎样，他改变得了现实吗？父亲一生命途多舛，亦父亦师的元好问同样坎坷颇多。白朴虽然年纪轻轻，却在《阳春曲》中早早地显露出看破红尘的绝望。此曲的风格亦如他的字——太素，充满了沧桑的意味。

白朴原名恒，字仁甫，父亲大概是想让他的品格保持如一，人生和仕途皆能顺利，但他自己改名为朴，字太素。人心如字，

简单可见，白朴不希望尘世的俗气玷污了自己的人格。

他深知身在官场，不能道破仕途的潜规则，只能放开名利，去读书写诗，与经史做伴，在文丛中讨口饭吃。于是，他毅然放弃了官位，回到家中告别了父亲，四处游历，偶尔为梨园的名角写些剧本，为自己换些口粮。

在民间游历得多了，对社会便了解得更加深刻，白朴的学问也日渐增长，因此，他成为当世不可多得的名士。此时正逢元世祖广纳人才，有很多人都举荐白朴入朝为官。就在这时，元好问的死讯陡然传到白朴那里，令他更加感到世事无常，抽身官场是多么明智的决定。再说这些年来，他之所以如此极力避开仕途、缄口不语，其实也是为自己免祸，不想在宦海中遭遇诽谤和非议，落得身败名裂。倒不如带着好名声纵横江湖，自己还乐得逍遥。

张良辞汉全身计，范蠡归湖远害机。乐山乐水总相宜。君细推，今古几人知。

——白朴《阳春曲·知几》

白朴产生退隐的想法，皆有前人的例子给他做榜样。汉时的张良辅佐刘邦平定天下之后，立刻全身而退；范蠡助越王灭吴之后远离江湖。二人皆知自己智勇双全，或许犯了君王忌讳，有功高震主之嫌。君臣几人打天下时，功劳是个好物事；但是，安邦定国之后，之前的功绩、傲气都有可能成为君王日后清算，或者政敌造谣生事的把柄。若是贪恋权柄钱财而不知道急流勇退，有

风尘客：万水千山走遍

可能落得万劫不复的境地。最聪明的人不是不会犯错的人，而是知道环境局势的变化，从而改变自己生存之道的人，即懂识时务，知进退。所以，白朴想趁早隐退，在山水田园之间，虽然只能过着简单的乡野生活，但是，这种简单干净的生活，却比朝堂之上的倾轧暗涌、伴君如伴虎要安全、舒适得多。自古以来，都说"狡兔死，走狗烹"。如此浅显的道理，仍有许多人无法参破。白朴不想牺牲在这种飞蛾扑火般的境地中，《阳春曲》所写的字句，便是白朴内心最真实的想法。

在白朴屡次推脱不入朝之后，担任河南路宣抚使入中枢的史天泽仍极力推荐他，白朴深感不妙，于是立刻离开真定城，弃家南游，从此过上了放浪形骸、寄身山水的生活。但他一想到家中的妻子，顿觉肝肠寸断，便想转身回到家中，可是迈出第一步后，却迟迟不敢踏出第二步。当他还在踌躇徘徊时，妻子却因对他思念成疾，抑郁而亡。

妻子身亡的消息乍一传来，白朴心痛难当，跌跌撞撞地一路狂奔归家，几次都欲昏倒在路上。他离家不过十年，眼前依稀是夫妻二人在轩窗前的甜言蜜语，而今却与妻子天人永隔。

白朴本就是多情之人，身边的人总是遭逢变故，使他一生都在苦痛中度过，能给他慰藉的就只剩下云游四海，看遍无关情爱的山水风月，但他在自然中并不能真正找到安慰。他每到一处，所见的大部分都是被蒙古兵洗劫的荒地，这又会激起他幼年时惨痛的记忆，阴霾始终笼罩心间。一生九患，不是别离就是死难，

最是元曲销魂

他数次到山间去撷忘忧草与含笑花,希冀通过植物的抚慰来忘却命途多舛,寻得片刻逍遥,却从没有一刻得到安宁。

妻子亡故之后,白朴的诗文词曲再没有温馨和希望存在,所剩的只有对人生无常的感慨。他从真定匆匆逃回江南,在扬州、苏州、杭州之地往来,偶尔觅一处小桥流水人家住上一段时日,就这样漫无目的地过了数十年。

都说"情深不寿",多情的人本应不长命,因为往往会由于心思沉重积郁而亡。白朴恰恰相反,天意弄人在他的身上一一应验,叫他活到耄耋之年仍不肯放过他。也许他和陆游的命运一样,在坎坷的人生中愤懑,在爱情被撕裂后悲伤,道一句"莫、莫、莫",一切都说不清楚,也不想多说。

于是,在白朴八十一岁那年,他觉得生命已无可眷恋,便挑了一个吉日,走入家门外的一处深山,一面唱着忧伤的曲调,一面向树林深处走去。那天的雾气格外大,树木、人影皆不可见,隐约只能听到如楚辞般悠扬淡定的曲调从雾中传来。一阵狂风吹过,云雾散去,哪里还有人影在,徒留余音在山间飘荡,原来是风声于罅隙间呼啸,造就了哽咽的山语。白朴,就此消失在人间。

不显达时,笑汲汲营营者太轻浅;该隐退时,道自己太多情。显达、退隐,两厢里皆不要,说归去当真归去,悲情的白朴,半刻不愿在人间停留。

风尘客：万水千山走遍

不谈功名，讲些市井老故事

忽必烈带领他的兵马在亚欧大陆肆意驰骋的时候，未曾料到几十年拼死打回来的江山在他死后转瞬崩溃。蒙古帝国迅速分裂成了钦察汗国、察合台汗国、伊利汗国和中原的元王朝，而统治汉人的元王朝亦迅速由极盛转衰。

生活在这个年代的文人们，开始走向了两个极端：一是身在红尘玩世不恭，沦落为芸芸众生；另一种便是遁入山林寻觅桃源仙境。就连那些希冀借助终南捷径上位的士人也大多意识到朝廷不能给他们真正的出路，便安静下来实实在在地过着平民生活。不过，那时仍有一些人走上历史舞台，在退居幕后之前，留下了风光的"倩影"。

姚燧，字端甫，是元代初期最为著名的学士，虽身居京城，但驰名中原各地，许多士人闻其名而奔赴大都，欲一睹他的风采。但如此知名的士人，却有着非常不幸的童年。

姚燧出生不到三年时，父亲便辞世了，丢下他一人在尘世飘零。伯父姚枢见他可怜，便带他移居到边境，过着仰仗苍天后土为生的平民生活。

姚燧的文学素养可能是在那段时间培养出来的，因为没有俗世的叨扰，他可以专心徜徉书海，年纪轻轻时便精通诗、词、

曲、书、画，回到京城之后，迅速成为文坛的一颗新星，很快便被人推举到秦王府做文学，后来进入朝廷担任翰林学士承旨。翰林学士承旨官阶说大不大，说小也不小，如果论阶品应是三品，论职责则类似皇帝的秘书。元成宗时期，姚燧当上了江西行省参知政事，与宰相之职只有一步之遥。

才华横溢、仕途顺利，按理说姚燧不应该痛苦，至少物质生活有保障，什么都不缺，应该快活才是。但这些年来，他看到了无数的政治风波，仕宦内暗潮汹涌。宦海浮沉并非姚燧所愿，然而，过得过不得，不是他能选择，也由不得他选择。

十年书剑长吁，一曲琵琶暗许。月明江上别湓浦，愁听兰舟夜雨。

——姚燧《醉高歌·感怀》

这首曲是姚燧在九江巡视时所写。从中不难看出他经历了十年宦海生活后，所剩的只是长吁短叹，终日在皇权之下挣扎匍匐，在各种势力斗争间摆动，未曾得到些许痛快。他漫步于江岸，直到暮色退去，月上枝头，便来到江上乘舟听雨，闲极无聊，弹了曲琵琶乐，乐声哀婉，以寄托他的哀愁。

一些名家在解读姚燧这段曲子时，认为姚燧的琵琶曲暗指当年白居易和琵琶女偶遇的经历。白居易与琵琶女于江上邂逅，不过是白氏人生中的一小段插曲，但马致远的《青衫泪》一剧，却将二人的偶遇变成了一段风流韵事。所以姚燧的"琵琶暗许"，意思大有可能指琵琶女芳心暗许白氏，而他用这个典故，证明姚

风尘客：万水千山走遍

燧的心中也有思念的人。

不过，有关姚燧"芳心暗许"何人的猜测，完全是人们想当然的，而且古人借典成文，多存在移情作用，即便姚燧真的在思念何人，是男是女都说不准。而且根据姚燧的经历来看，此曲《醉高歌》更像是发牢骚，"琵琶暗许"，"许"的该是姚燧不满现状的心绪，这从最后一句"愁听兰舟夜雨"可以得到证明。兰舟听夜雨，不过因为一个"愁"字而已。愁的是何物？便是有关"十年书剑"的生涯。

事实上，事业亨通、情海无波，姚燧的生活当是美满。但他没有因幸福生活而变得沉沦，反而思路越发清晰，对事态看得更加通透。越是美满的一生，让他所见所闻所感越是强烈和现实，对仕途的批判越发有力。他比那些尚未尝到仕宦滋味便批判官场黑暗的人更有资格为"功名"定位。

是非感极强的姚燧认为，知识分子怀才未必得用。例如他的朋友雷损之，是个非常有能力的人，但为官三十年，一直是个小县令。在雷损之还做官的时候，姚燧就预言他马上便要辞官归隐。果不其然，雷损之一满三十年官宦生涯，便淡然归田了。对于此等情况，姚燧深感不平，写了篇传记大骂官场无道。

姚燧不但对仕途唾弃，对黎民百姓的苦难生活也饱含同情，他总试图去改变什么，但是，一人之力如何回天？

一次，在游宦江南时，姚燧在路边遇到一个妇人。那妇人差人将做好的衣物送去给前线的丈夫，旋即又把衣服要了回来，如此翻来覆去，行为古怪。在他的询问之下，妇人才哭哭啼啼地说，她寄衣服给夫君，是怕夫君在边疆受冻，可是她又怕对方已经回程了，衣服寄不到，因此心思矛盾。姚燧闻言黯然垂泪，回到寄居的府中，落笔写下了《凭阑人·寄征衣》一曲。

> 欲寄君衣君不还，不寄君衣君又寒。寄与不寄间，妾身千万难。
> ——姚燧《凭阑人·寄征衣》

这一曲的情绪特别自然而真实。想给你寄御寒的衣物吧，又怕你们已经动了行程，这样你就收不到衣服了；要是不给你寄吧，又怕你一个人在外，天寒地冻的，没有一件可以抵御风霜寒冷的衣物。我这是寄也不是，不寄也不是，郎君啊郎君，你倒是说说，我这是难也不难？通篇感觉就像是在探讨一种矛盾的情绪，我寄还是不寄呢？这种平实的情绪中，包含了作者对真实生活的观察和理解，也表现了作者善于抒写情绪的技巧，手法十分朴实，效果却是干净利索。而这种情绪深处，却是作者对民间疾苦的思考。姚燧作品的感人之处就在于这种深深扎根于现实、民间的手法，以及他对人性的反思。

有人评价姚燧的诗词曲赋，总是能用简单、纯粹、真挚的语言彰显残酷的现实。这曲《凭阑人·寄征衣》，虽无华丽的描写，却是元散曲现实作品中的佳作之一，其奥妙在于极易上口，而后韵无穷，话虽短少，重见字数达十三处，然意境极其深远。

就这样一面批驳政治的灰暗，一面同情世上的可怜人，姚燧在人世流浪了一个又一个十年，流了无数血泪，终于在纵浪大化

风尘客：万水千山走遍

的过程中，不再"书剑长吁"，也不再"琵琶暗许"，而是来到一处山高水美的地方，如苏轼观赤壁般，仰天长啸，泰然顿生。

> 天风海涛，昔人曾此，酒圣诗豪。我到此闲登眺，日远天高。山接水茫茫渺渺，水连天隐隐迢迢。供吟笑。功名事了，不待老僧招。

——姚燧《满庭芳》

这曲《满庭芳》没有《醉高歌》的长吁短叹，也没有《凭阑人》的伤心难过，开篇便直逼苏轼的"乱石穿空，惊涛拍岸，卷起千堆雪"，有种天高海阔的气魄在其中。在酒圣诗豪频临的江南胜景面前，姚燧的情绪被迅速调动起来，他登高而招，远眺江山，山水迢迢，烟波浩渺，心胸豁然开朗，抬眼仰天长啸，什么功名利禄、荣辱富贵，都可以抛于脑后。他此刻的心境所容纳的只剩下眼前美景，这一回他可以彻底抛却一切归隐，不必什么老僧、老道前来奉劝，自己愿去哪儿便去哪儿，心无牵挂了无痕。

有人擅长风花雪月，旖旎的情思后面是一份缠缠绵绵的情义，于是，那花好月圆，那伤春愁秋，那盈盈一水间，那濛濛杂花垂，便有了闺阁女儿的味道，女儿香，最是柔媚；有人擅长大气浑厚，看到山水便想起古今英雄，看到舟楫便联想到无数好汉，文人的脊梁骨，顶出了天地间的浩然正气，或英雄迟暮，或老骥伏枥，都有数不清的豪情壮语；然而，还有一些人，他们朴实无华，他们深入民间，他们穿梭在民居深巷里，行走在田园山水间，停留在稼轩阡陌中，他们和最底层的老百姓谈话，他们也

把自己当成底层人物，那样卑弱而伟大地活着。如同姚燧，一个大好男儿，自然也有自己的悲欢离合，也有自己的豪情壮志，也有自己的卿卿佳人，但是，他愿意为了更多的陌生人发声，也愿意行走在市井中，讲着市井里的老故事。

这天地自然是美的，这红尘自然是美的。

风尘客：万水千山走遍

一个带着酒气和才气的"仙人"

某年某月某日，京城里最出名的酒楼请来了梨园的名角儿，老板忙前忙后招呼着闻讯而来的客人，笑得合不拢嘴。就在这时，不知哪里传来一阵如珠落玉盘的琵琶声，奏的正是当时流行的曲调《鹦鹉曲》，为曲坛名家白无咎所作。在大厅里已经摆好位置的乐师们听到响动，立刻执起乐器附和。酒楼里也瞬间安静下来，人人屏息，准备聆听那似九天玄女发出的妙音。

坐在雅座上的冯子振摸了摸唇上的小胡子，对身边的朋友低声问道："什么歌女伶人如此奇特，惹得这么多人来看？"

朋友笑答道："莫要小瞧了这女人，她是梨园顶尖的歌伎御园秀。白无咎的《鹦鹉曲》唱到低音时调涩幽咽，梨园众秀唯有御园秀善于驾驭。"朋友说得眉飞色舞，冯子振亦听得渐感有趣。这次他来京城办公事，本以为会过得很无趣，没想到在酒楼里还能见到当世名角，听闻名曲，也算是有几分收获。

在众歌女的拥促下，清新美丽的御园秀抱着琵琶走上了舞台，几炷熏香于四处点燃之后，她缓缓地唱起了白无咎的曲子：

侬家鹦鹉洲边住，是个不识字渔父。浪花中一叶扁舟，睡煞江

最是元曲销魂

南烟雨。觉来时满眼青山,抖擞绿蓑归去。算从前错怨天公,甚也有安排我处。

——白无咎《鹦鹉曲》

这曲白无咎的《鹦鹉曲》,大意是讲一个居住在武昌城外鹦鹉洲的渔翁,每日以打鱼为生,靠天吃饭,过着无拘无束的生活。

作者白无咎本名白贲,是元代有名的大文人,乃白朴的仲父,无咎则是白贲的字。当时,白贲的曲被广为传唱,是梨园众家最好吟唱的曲子。御园秀的《鹦鹉曲》意思虽然简单,但是如果按照地方语音发唱腔,"父""甚""我"这三个字就会特别难唱,和乐之后常常无法将音调发得圆满,但若真是唱得好的话,又特别好听。御园秀非常精通这些艰涩的调子,是以才成为名角。

一首曲子唱罢,御园秀盈盈起身向观众谢礼。观者有人拼命鼓掌,有人向台上抛些铜板银两。这时却见御园秀脸色转为黯然,她柔声对台下众人说:"这曲子恐怕是绝响了,唯有一首单曲,如是套曲该是多么美妙,可惜白无咎先生辞世,再没有人能为此曲做几套精妙的词出来。"她的话虽委婉,意思却是在说没人能在此曲上超越白贲,再造几套音韵和谐的歌词。

最初只是在一旁听曲的冯子振本不以为然,但听她这样一说,颇感不服,仰头饮下杯中酒,喝道:"来人,笔墨伺候!"他的朋友被他吓了一跳,心道这冯疯子兴致大发了,便着人去拿笔墨。

冯子振拿起笔来,疾书一个时辰有余,最后叫人将一叠纸稿

风尘客：万水千山走遍

交到御园秀手中，然后起身拉着朋友离去。接过纸稿的御园秀一篇篇翻看，仔细查来，上面竟有四十二篇之多的《鹦鹉曲》，且曲曲韵脚公整，大都不输于白贲。

四十二首《鹦鹉曲》，或许未必篇篇都是佳作，但均即景生情、抒怀言志、纵论古今、感性而书，看得御园秀呆立许久，等她想要去结识作者时，冯子振早已离开了。或许一段美好的艳遇就这样被冯子振错过，但冯子振的名声却因此不胫而走。

浙东天台有个叫陈孚的人最善写文章，他的文章从不刻意雕琢，却美文倍出，享誉江南。某一天，他偶然看到了冯子振的四十二首《鹦鹉曲》抄本，突然感到自己的文章一文不值，不但把冯子振的文章供奉起来，还准备亲自拜访他。原来冯子振文笔的魅力不仅吸引女人，连男人也为之倾慕。

冯子振究竟是何许妙人，令世间的才子佳人都为他神魂颠倒呢？

冯子振，字海粟，能出口成章，最好写诗作曲，他的朋友曾言他乃"李白在世"。因为冯子振只要一喝酒，数百篇文章随即问世。四十二首《鹦鹉曲》也是酒后之作。

有一次冯子振登临居庸关，架桌饮酒，观赏风景，一时间兴之所至，抽出布囊中的笔墨，大笔一挥，写下了洋洋洒洒五千字的《居庸赋》。文章读来雄浑浩大，恢宏瑰丽，恍若贾谊、曹操在世。

喝了酒的冯子振会变得疯癫，而不喝酒的冯子振依然活得

最是元曲销魂

比别人奇特。他在朝廷任职数年之后，还是觉得骑马云游、喝酒赋文的生活更惬意一些，便辞了官职到山里与和尚下棋，结交了一位世外好友中峰禅师。一天，中峰问他为什么甘于山林，冯子振仰躺在石椅上，笑而不语，过了很久才唱起了当年所做的一首《鹦鹉曲》。

嵯峨峰顶移家住，是个不唧溜樵父。烂柯时树老无花，叶叶枝枝风雨。故人曾唤我归来，却道不如休去。指门前万叠云山，是不费青蚨买处。

——冯子振《鹦鹉曲·山亭逸兴》

这首曲子为观者描绘了这样一幅画卷——峰峦如聚的山巅，一个老樵夫背着担柴缓缓走在山麓间。四周并不是人们想象的美景郁林，而是老树枯枝，在凄凄的风雨中被摧折了年华。曲中的樵夫过的并不是轻快日子，隐居生活也并不是只有田园、肥鸭及蜜水。有人曾劝过老樵夫不要再待在山林中虐待自己，年龄大了就要回到村里养老，何必非要留恋并不富裕的山林？可是老樵夫却宁可手执烂柯坐享山林，因为尘世的乐趣是用钱买来的，而山里的乐趣是无价的。

此曲是四十二首《鹦鹉曲》中的第一首，老樵夫的闲情野趣，其实也是冯子振心中的真正想法。关于"烂柯"的说法，有一个典故。相传晋朝有个叫王质的人入山采樵，看到两个童子下棋，于是他便放下手中的斧头，蹲在那里看棋。哪知道一盘棋下完，他旁边斧头的手柄都腐烂了，原来时间已经过去数十年，他

风尘客:万水千山走遍

所遇的童子其实是神仙。

曲中樵夫手执烂柯的生活,即冯子振向往山林的缘由。他宁肯像晋代的王质一般,与神仙划下道来,也不想再回到人世。在山中的冯子振可以像神仙一样与猿鹤为伍、麋鹿为伴,可以下棋不觉时日,这是何等惬意。虽然这些都是设想,他只遇到了一个笨和尚中峰,过着素餐陋衣的日子,但是生活无拘无束,再没有那个互相倾轧、钩心斗角的朝堂。

冯子振此人,要看性情的话,只需看他给自己取的号便可窥见一二——"瀛洲洲客""怪怪道人",带着一种光怪陆离、不理凡尘的趣味,他或许正以为自己应当是那瀛洲仙岛的过客,那行怪事的怪人。这人嗜酒,每每酒意酣畅之际,恰巧遇上诗兴大发,最喜欢一气呵成。冯子振一生的文章、诗歌、词曲中,很少能看到柔情似水的一面,大都是他起兴而作,因此充满了横空出世的灵性与超然。

对他一直甚为仰慕的贯云石曾为他写了篇《寄海粟》,将他比喻成三国的陈登。陈登是个机敏高爽、博览载籍、雅有文艺的潇洒人士,深得曹操青睐。贯云石既然称冯子振堪与陈登媲美,足以说明冯子振是元代明星级人物,至少才情不输于苏轼之辈。然而,苏轼在中年以后才道"人生如梦",不如归去,而冯子振早早地便离开了充满是非的红尘,过着不显山不露水的生活,他的心,的确如冰雪般澄明。

若要再看,冯子振更像是元代的李白。同样嗜酒如命,同样才华横溢,同样有过仗剑诗酒的抱负,同样傲气十足。恰恰,李白又自号"谪仙人",被称为"诗仙",两人同样在内心深处都有一种缥缈仙气的浪漫主义情怀。杜甫在《饮中八仙歌》中称赞李白:"李白斗酒诗百篇,长安市上酒家眠。天子呼来不上船,自称臣是酒中仙。"岂不知,冯子振也是一个带着酒气和才气的仙人。

在那个时代,男人若无事业便会惹人非议,若无才气便会变得庸俗,一个既有事业又有才气的男人,却依然选择了放弃这两样而离开,或许冯子振就是凭借这种潇洒,让许多同辈与后人铭记于心。

风尘客：万水千山走遍

何处终南山，何处桃花源

在唐代的时候，有位名叫司马承祯的人，住在都城长安南边的终南山里，几十年未曾踏出半步，他给自己起了个别号叫"白云"，意思是如白云般高洁。唐玄宗听闻此人，知道他是个高士，便派人去请他出仕做官，却多次被谢绝。于是唐玄宗替司马氏盖了一座讲究的房子，叫他住在里面校注《老子》一书。司马承祯完成《老子》校注后，将书交给唐玄宗，便准备回到终南山继续隐居，恰巧遇上了曾经在此隐居，后来做了官的卢藏用。

司马承祯与卢藏用闲谈间，后者抬手指着终南山说："这里面确实有无穷的乐趣呀。"原来卢藏用早年求官不成，便故意跑到终南山隐居，以示清高和才情，提高自己的知名度，如此很快地出了名，皇帝知道后便请他出来做官。司马承祯听出卢藏用话中的言外之意，却淡然地笑了笑道："的确，那里确实是做官的'捷径'。"

虽然同出终南山，一个想独善其身，一个想兼济天下。从现在的价值观来说，两人并没有明显的高下之分，不过是人生理想不同罢了。司马承祯想要淡然一世，过着山林田园生活，品茶、读书，终此一生，他想要的是不理世事、岁月清浅的时光，所以，山林生活是他的目的和归宿。与其说他是"归隐"，不如说他是有"隐"无"归"，他的身和心一直都在山水之间，在林间鸟雀啼鸣之中，在自我灵魂的升华里，向往个人生活的简化和清爽；对卢藏用来说，"隐居"不过是一种手段，一种自我形象的塑造和广告，一架自己为自己搭建的通往仕途的阶梯，这也是一种智慧。若不涉及人性道德，单从社会职责来说，人人都只想安贫乐道，不理世事纷争，不管他人生活的苦难，对尘世贫苦欢乐无所作为，无人管理，无人决策，无人制定标准，无人在俗世做事，无人生产，无人经营，无人行商贾事，等等，那么这个世界将会是一番怎样混乱的场面？文明又如何进步？所以，从现在的价值观来说，两人只是各有自己的人生理想和追求罢了。但是，求财求权亦有道，有人是真想做事，有人却是为了一己私利，这就是人性品格之高低了。

就元朝的社会环境和政治气象来看，不留恋尘世、官场的积极经营，多数文人或许会更容易麻痹自己的精神苦痛。从某种程度来说，"归隐"之人不是不想为天下谋事，而是局势环境让他们无能为力，自己是心有余而力不足。多数人是厌倦官场黑暗，看透凄风惨雨，才选择独善一身。或许，这也是一种深深的无奈。

当时，士者应"出儒入道"，居庙堂之高，处江湖之远，都要先天下之忧而忧，后天下之乐而乐。对有些人来说，隐居不过是种情调，其实还是想外出济世，却苦思无门。因此本来"内涵高致"的隐居生活，就被那些追求"终南捷径"的文人当成了出仕的途径。所以，以隐居为手段的人倒是挺多，像陶渊明那样的

风尘客：万水千山走遍

居士或许会倍感寂寞，因为跟他一起划船觅桃源的人实在太少。

功名万里忙如燕，斯文一脉微如线，光阴寸隙流如电，风霜两鬓白如练。尽道便休官，林下何曾见？至今寂寞彭泽县。

——薛昂夫《塞鸿秋》

那些追求功名的人，每天就像燕子衔泥筑巢般忙个不停，所谓的士人清高早就丝脉悬卵，不值一提，前人常说的"斯文扫地"恐怕就是如此。日月如梭，飞如电光，两鬓已经如白练的文人们个个都说要辞官归隐，可是到山野里去寻找，却很难见到他们的行迹，这些人大概都是故作清高，以隐居来吸引别人请他出去做官。也难怪曾经在彭泽做县令的陶渊明感到孤单，只因同道中人太少，借鸡生蛋者颇多。

薛昂夫的这曲《塞鸿秋》传唱千古，不在于他将自己表现得如何"出淤泥而不染"，而在于他痛斥一些人的虚伪作为，道破了某些"隐逸玄机"，撕破了假隐士的面皮。该曲子铿锵有力，充满了辛辣讽刺的意味，是元曲中难得一见的清醒之作。

据史载，薛昂夫是回鹘（今维吾尔族）人，生卒年月不详，祖辈曾做过官，他自己也曾任一些官职，晚年时辞官隐居，过着写书法、作曲子的田园生活。他不是被仕宦抛弃的人，而是厌倦官场后才选择归隐。所谓人在"江湖"，看惯了"江湖"的本质，对于那些苟求名利的士人，薛昂夫见得多了，深感不屑，便在曲子中化用了唐代灵澈和尚的诗句"相逢尽道休官好，林下何曾见一人"，讽刺为了名利放弃尊严的假道学。

最是元曲销魂

官场是什么呢？在薛昂夫的眼中不过是功名利禄和尔虞我诈堆砌起来的脆弱殿堂，虚伪至极，一击即破。多少士人做着"吃得十年寒窗苦，一举成名天下知"的美梦，当美梦不成真时，便黯然离去，当美梦成真时，有些或许能坚持清廉操守，有些则变成了鼠辈小人。

元代曲人张鸣善就曾生动地形容混迹官场中人的嘴脸：

铺眉苫眼早三公，裸袖揎拳享万钟，胡言乱语成时用，大纲来都是烘。

——张鸣善《水仙子·讥时》节选

这段话的意思就是说，官场小人成天为了讨好上司而挤眉弄眼、装腔作势，对下属则目空一切、颐指气使，将自己的本来面目都隐藏起来，失去了自尊；在行为上，要么张牙舞爪、蛮横无理，要么低三下四、战战兢兢；在言谈之间，尽是胡言乱语，自以为学富五车，实则绣花枕头，不过是一群只会应声附和的蠢人罢了。

仕途中混迹了太多此等欺世盗名之徒，无论是薛昂夫还是张鸣善，他们都看清了这一点。但世事总是背道而驰，偏偏是蝇营狗苟的人能享受高官厚禄。命运的不公叫人无奈且失望，薛昂夫之所以辞官，恐怕也是因为忍受不了宦海的可笑，不愿继续沉沦。

风尘客：万水千山走遍

捻冰髭，绕孤山枉了费寻思，自逋仙去后无高士。冷落幽姿，道梅花不要诗。休说推敲字，效杀颦难似。知他是西施笑我，我笑西施？

——薛昂夫《殿前欢·冬》

弃官隐退的薛昂夫追求真正的居士生活。既然要出尘，便出个彻底，闲来无事看四时风景，四处去探访同道中人。此曲《殿前欢》是他于冬季所写，主人公是一面观雪，一面寻觅隐居的高士。曲子虽然写的是冬景，但冬日在薛昂夫的笔下并不凄凉，而是利落清爽。拂去了衣服上的浮雪，看雪花在手背上结成了凝露，薛昂夫抚了抚挂上白霜的胡须淡笑。入山闲游间，眼前偶然出现了一片傲雪梅林，让他想起许多文人皆喜好咏梅，不知道在梅林间是否也能见到踏雪寻梅的高士？

寻寻觅觅，始终不见高士的踪影，薛昂夫颇感失望，又不得不释然。自从宋代最喜梅花的"梅仙"林逋成仙去后，世上便罕见真正的爱梅者。在这首曲子的首句中有"孤山"二字，指代的便是林逋，林逋在自己的居所前种了许多梅树，号"孤山梅"，于是后人也常以"孤山"称他。

心思百转，薛昂夫在恍惚间忘了时光流逝，也忘了身边散发幽香的梅花，等他回过神来，天色已晚。他自嘲地笑了，暗道还是不要写咏梅诗，如果写得不好，言语间出了纰漏，就像东施效颦一样，会笑煞"西施"（旁人）的。思及此处，薛昂夫哑然一笑，转身离去。无论是曲中的薛昂夫还是曲外的薛昂夫，都如此闲适而洒脱。

从宦海浮沉到世外仙居,薛昂夫的心境在一点点转变;从辣笔嘲讽到信笔游记,薛昂夫的文风也在悄然发生改变。然而,悠然的生活不会磨平他的棱角,对于薛昂夫的文字,后人的评价始终如一:字如迸珠,干净利落;文风龙驹奋迅,如并驱八骏;想象一日千里、超越时空的界限;情感上讽世有余亦流露出悯世的沉重。莫道《殿前欢》一曲是自在雅适,其中依然有着薛昂夫沉重的情感,一句"知他是西施笑我,我笑西施",流露的无奈,又有多少人能体会。

汲汲营营的一生,是可笑的,苦觅终南的一生,是可悲的。薛昂夫参透了这一点,所以才写下了一曲曲警世之言,奉劝众生,不要再被表面上的浮华所欺骗。如果真的想做个隐士,便把心思全投入进去,否则坦然与快乐永远也不会追随你的左右。

风尘客：万水千山走遍

那花，那山，那人

采菊东篱下，悠然见南山。

世称"靖节先生"的陶渊明，开创了中国的田园风味，也被后人尊称"古今隐逸诗人之宗"。他也曾有过不必烦恼温饱的童年，奈何家道中落，幼年便感知家境贫乏和人情冷暖。在幼年时期遭遇过变故的人，会比一般人更加早熟早慧，他们会在更小的年纪中懂得一些人生的道理和辛酸，他们也会比同龄人看得更透彻。这或许也是陶渊明归隐田园的因素之一吧。毕竟，尘世虽好，但吾辈当潇洒遁去。儒道两家的精神在陶渊明身上很奇妙地交融着，却一点也不冲突。年少时，他也曾有过抱负，也有过兼济天下的豪气；慢慢地，道家对天地自然的浩然正气的追求，也逐渐渗透到陶渊明的肌理之中。他也曾在宦海里浮浮沉沉，也曾有过一展宏图的心愿，但是，终究在现实的残酷中败下阵来。有理想，有抱负，是多数男儿的情结，但是陶渊明骨子里却是个住桃花源的主儿，他在现实中早就一次次地焦虑、矛盾了。于是，他开始找寻生命的意义。他选择田园生活，却不是那种童子伺候、小妾引逗、酒肉时时有、钱财不或缺的隐居，而是亲自劳作，感受最普通的劳动人民日出而作、日落而息的生活。于是，他自己种下的菊花，便格外清香，他步入的青山也格外清透。那一圈篱笆，那一座南山，便是不需超然物外的世外仙境。这是田园生活的更高一重境界。

元代有一人也颇有同样的际遇和情操，他，就是张养浩。我们且看看，他所看到的菊花又是怎样一番景象？

可怜秋，一帘疏雨暗西楼。黄花零落重阳后，减尽风流。对黄花人自羞。花依旧，人比黄花瘦。问花不语，花替人愁。

——张养浩《殿前欢·对菊自叹》

很多诗人、词人都好"自叹"，因为自言自语是一种非常有趣的排遣抑郁的方式。张养浩的《殿前欢》中"自叹"的特别之处在于他找了一株菊花作为倾诉对象，因为菊花不会言语驳斥，可以听他任意发牢骚。

西风碎减叶飘零，张养浩推开了窗子，映入眼眸的不是一帘幽梦，而是凄风疏雨，从楼瓦淌下，化作雨帘。重阳节后，菊花凋零，曾经鲜艳夺目的花朵已落去大半。花虽败落，但那些依然在枝头盛放的秋菊仍保有风采，张养浩再一看自己，却已瘦得不成人形，他忍不住问花，自己该如何是好，花虽不语，想必它也在为自己感到忧愁。本曲以通感的手法结尾，一句"花替人愁"，顿使曲中愁情变得更加浓郁。张养浩的自怜自惜赫然在目，令人也想化作秋菊，成为倾听他的对象。

张养浩本非好隐逸之人，少年时才学便闻名天下，十九岁入朝为官，在真正退隐前身居要职，高官厚禄享之不尽。他为官清

风尘客：万水千山走遍

廉、刚正不阿，"入焉与天子争是非，出焉与大臣辩可否"，百官敬畏，民心拥戴。可是为官三十年后的某一天，他突然感到"看了些荣枯，经了些成败"，一切都显得那般无趣，遂辞官回家，隐居世外。朝廷六次召他入宫，都被他婉言拒绝。想来他是知道自己在朝中触了太多逆鳞，早晚要遭到暗害，不如就此收场。

放下了朝政的担子，张养浩的心思全落在作曲弄文当中，对生活和命运的吟咏成为了他的文学主题。一株菊花就这样化作他顾影自怜的倾听者。在《殿前欢》的曲子中，他本认为凋零的花应比他更自怜，但实际上菊耐秋风的能力远远超乎他的想象，于是张养浩才想，也许菊花是在替他悲苦，是以纷纷凋谢。

张养浩之所以写"对菊自叹"，其实还有另一层深意。菊花是陶渊明的最爱，陶渊明经常对菊咏叹，表明心迹。张养浩选用菊花，自然是说自己也想如陶渊明一样，做一个不问世事的隐居者。往日的宦海风波已成过去，鸟儿返林、鱼儿纵渊，那时的陶公何等惬意，张养浩也想成为另一个陶公，过着池鱼在故渊的生活。

> 云来山更佳，云去山如画，山因云晦明，云共山高下。倚仗立云沙，回首见山家，野鹿眠山草，山猿戏野花。云霞，我爱山无价。看时行踏，云山也爱咱。
>
> ——张养浩《雁儿落兼得胜令·退隐》

脱离官场的日子异常闲适，他每日都到家门前的山中漫步，偶尔坐看晴空之上云来云去,欣赏如画山色,便写下了上面这首退隐的曲子。举目望去,山色因云的有无而忽明忽暗,云则随着山的高低忽上忽下。天地间的景象真是奇妙。他拄着登山的拐杖,抬头看到云与山相依相偎,低头可见山下人家,周围则是山猴戏耍,野鹿徜徉,芳草遍地,如临九霄仙境。他就这样怡然自得地看呆了,恨不得扑进云团、扎身花野。没有了烦恼,一切都变得比以往更美好。这一刻,山水与他融为一体。

离了公堂回到家乡,每日对着荷花烂漫云锦香,张养浩玩得痛快。他还给自己的隐居别墅起了个浪漫的名字叫"云庄",意思是说自己能够身在云端无拘无束。庄内置有一座绰然亭,风姿绰约,周围的花与竹无半点俗气,空气中飘着水和山的清香。此等"美色"当前,用张养浩自己的话来说就是:"著老夫对着无限景,怎下的又做官去?"美景在手,实在舍不得丢下它而去做官。不过,处江湖之远,心虽不思庙堂,张养浩仍有很多牵挂。天历二年(公元1329年),朝廷以"关中大旱,饥民相食"为由请他担任陕西行台中丞前往赈灾。此时的张养浩身染重病,卧居云庄,多日不出,但想到灾民受苦受难,他强打起精神收拾包袱上任。途经潼关,看峰峦如聚,波涛如怒,张养浩不禁仰天悲呼:"兴,百姓苦;亡,百姓苦。"千年一叹,能有比此更沉痛的吗?

这一上任,张养浩四个月未曾回家,每日在灾区居住,鼓励灾民,躬身劳作,终因过劳猝死于灾棚之内。在字数不多的《元史》中亦曾记载过这样的情景:"关中人闻张养浩死讯,哀之如

风尘客：万水千山走遍

丧父母，痛哭失声，震撼云霄。"

云庄外山色依旧，庄内人却已不在，绰然亭还在等着它的主人，可是时间久到山色空蒙、霜落长亭，那抹淡然的身影仍然不归。原来，即便世外美得令他再不舍，他还是眷恋着值得怜悯的尘世。寄托主人心念的云庄，那时的悲伤岂止逆流成河。

最是元曲销魂

愿做个"泼皮"小书生

世间存在许多酒囊饭袋、醉生梦死之人,同样也存在该被载入史册的不死之鬼。在偌大疆域的元王朝里,那些出身卑微、职位不高却才识渊博的剧作家,他们记载下了人世苦难,为大千世界的芸芸众生发出不平之声,并且留下了经世不朽的文学作品,这些人也应该像明德圣贤、忠臣孝子一样,被载入史册,成为书中的不死之魂。

钟嗣成在撰写《录鬼簿》时,于前言中便表明了自己为何要为元杂剧家、散曲家立传。上面这段话便是《录鬼簿》前言的大概意思。本着这种信念,钟嗣成煞费苦心,终于令许多元代的文人不至于永远消失在历史长河中,即便一些文豪没有生卒年份、家学渊源记载,钟嗣成都想尽办法去推考他们的行迹、载下他们的笔墨。一部收录了诸多人心酸和成就的《录鬼簿》,成就了元代的文人,也成就了钟嗣成的一生。

钟嗣成在《录鬼簿》中批驳那些苟求名利的世人是"酒囊饭袋",不像他们自诩得那么高明,他也曾屡次求取功名,不成之后才退隐江湖。古语有云:"学成文武艺,货与帝王家。"对于满腹经纶的文人来说,入仕做官是最好的出路,十年寒窗苦读,不外乎为了谋得一官半职,得以一展长才,且能混口饭吃,那些不

风尘客：万水千山走遍

求功名的免俗者少之又少。张养浩、马致远、乔吉、白贲、郑光祖、张可久、徐再思等曲坛名家，哪一个不是求功名之后才知是一场空。人总是像孩子一样，没有越过那道门槛就说外面的世界好，等越过去了再想回来时发现里面的世界也变了。

钟嗣成一开始也抱着同样的求名心态，毕竟儒家以天下为己任的思想深深地影响着他。元末，少年钟嗣成寄居杭州，在当地求学，受邓文原、曹鉴、刘濩等大儒的指导，同窗好友中还有后来的戏曲家赵良弼、屈恭之等人。他并非愚笨之人，反而有满腹的治世之策，一心想要报效朝廷，却屡试不中。后来虽然当了一阵江浙行省任掾史，但一直得不到升迁，终看透官场的真实面目，回家写书、教书去了。不过，他并没有因为郁郁不得志而消沉，胸中还存有文人应有的气节：宁做一个民间教学的乞丐书生，活得潇洒快活，也比浑浑噩噩地度过余生强上百倍。下面这两曲《醉太平》姊妹篇，便是他退居时表明心迹之语。

绕前街后街，进大院深宅。怕有那慈悲好善小裙钗，请乞儿一顿饱斋。与乞儿绣副合欢带，与乞儿换副新铺盖，将乞儿携手上阳台。救贫咱波奶奶！

风流贫最好，村沙富难交。拾灰泥补砌了旧砖窑，开一个教乞儿市学。裹一顶半新不旧乌纱帽，穿一领半长不短黄麻罩，系一条半联不断皂环绦，做一个穷风月训导。

——钟嗣成《醉太平》

最是元曲销魂

过贫而风流的生活比做个有钱人容易得多，虽然住的是破砖漏瓦，穿的是破袍烂服，教的是贫人、乞丐和小孩，但也挺有意思。在大街小巷里讨口饭吃，如果遇到个好心的漂亮姑娘，施舍他一两床被子，给他条扎衣服的腰带，再和他谈谈情、说说爱，叫她祖奶奶都成。

《醉太平》中的主人公是钟嗣成的自喻，看起来倒像个泼皮小乞丐，语气满是调侃和撒泼，煞是可笑。然而，曲中人的生活境遇却正说明了元代文人"一无是处"的真实情况。在当时，民间有句流行语是"九儒十丐"，意思是文人的地位仅仅比乞丐高一等。很多人读了一辈子书，始终未能举士，如钟嗣成般埋没乡野，莫怪他们要嬉笑怒骂、自讽自嘲。钟嗣成在《醉太平》里显露的心声，同时也是大部分文人的怨怼和无奈。而钟嗣成决定写下《录鬼簿》，也正是由此引起，他希望借自己的笔，将那些埋没乡野的才子佳人尽数录下。

每记录一个人，钟嗣成总要反复琢磨，给予中肯评语，体察他们的生活境遇，细想他们的品格，在体味他人的生命意义时，也时时寻找自己的生活目标。

平生湖海少知音，几曲宫商大用心。百年光景还争甚？空赢得雪鬓侵，跨仙禽路绕云深。欲挂坟前剑，重听膝上琴，漫携琴载酒相寻。

——钟嗣成《凌波仙·吊乔梦符》

讲到前辈大家时，钟嗣成多会作一曲或一诗为其总结或是悼

风尘客：万水千山走遍

念。此曲正是为乔吉（字梦符）所写的悼词。如果留意乔吉的人生经历，会发现他与钟嗣成的一生极其相似。两人都曾在杭州寄居多年，空有抱负却始终作为布衣以了残生。最后，乔吉选择浪迹天涯，钟嗣成则窝在杭州城中教书写本子。

钟嗣成笔下的乔吉，一生孤独，流浪"湖海少知音"，费尽心思争得功名，百年光景过后只剩满头白发，继而驾鹤西去。乔吉曾自称"不应举江湖状元"，表示江湖中的才子绝不去争名逐利，对自己外出旅行和放荡生活给予安慰式的肯定。乔吉自我疏解，故作潇洒，但钟嗣成却知道他实则凄苦，是以在《凌波仙》的前半曲书写乔吉悲情的生活经历。乔吉死后，钟嗣成很想到他的坟前洒一杯水酒，挂一柄长剑，弹一曲乔吉所作的曲子，以慰乔梦符的灵魂。

"挂坟前剑"是钟嗣成引用春秋时季子赠剑给亡故的徐国国君的典故。季子答应将剑送给徐国君王，可是徐君早死，所以季子将自己的剑挂在了徐君的坟前。钟嗣成用此典故，既是同情乔吉的境遇，也说自己把他当成了知音。另外，钟嗣成弹乔吉的曲子以悼念他也事出有因。乔吉是元代词曲大家，他总结的作曲经验"凤头、猪肚、豹尾"六字诀，甚至被后人拿去用作写文章的规范，影响之大可想而知。乔吉的曲子也被赞为"神鳌鼓浪""波涛汹涌""截断众流"。钟嗣成对他的文笔佩服得五体投地，想以唱乔吉的歌悼亡他，完全发乎情、止乎礼。再者，乔吉生前确与钟嗣成相识，作为朋友，钟嗣成抱琴在乔吉的坟头上唱悼念曲，谁人也阻拦不得。

纪念先辈的同时，钟嗣成何尝不是为自己的身世感到可怜、可悲。乔吉与他的遭遇如出一辙，他在悠悠的琴声中叹乔吉，当然也是叹自己。乔吉生前曾明心志："不占龙头选，不入名贤传。时时酒圣，处处诗禅。烟霞状元，江湖醉仙。"钟嗣成也是抱着这种想法，不求成为历史长河里闪耀的明星，只去饮酒观风月，做那《醉太平》里的泼皮无赖小书生，醉生梦死，人生方休。

眼前此刻，再一看《录鬼簿》中的诸多曲人，与钟嗣成的背影渐渐重合。他们都是满怀凄怆和不平的混世遗珠，同钟嗣成一样，不再苟求成为史册里的圣贤，但愿成为野史残录里的不死鬼，至少，他们的人格和气节没有被埋没。

风物志：心有欢喜过生活

最是元曲销魂

一曲天净沙，唱尽四时歌

我们都知道，一年分为春、夏、秋、冬四季。

从天文现象来看，四季不过是地球自转和公转的结果，各个季节的区分在于昼夜长短、太阳光照等情况。不同的季节会出现不同的地理现象，对于敏感的人来说也可能带来不同的情绪。春天，万物萌发，绿意始现，风清爽却不凛冽；夏天，世界就开始变得喧嚣起来，似乎春天的萌动在这一刻彻底爆发，生命力旺盛，满眼的热闹；秋天，丰收的季节，硕果累累，却又带着一种日渐凋零的肃杀；冬天，天地之间寂静一片，都说秋收冬藏，一个"藏"字很巧妙地解读了这个季节，它把生命藏起来了，把来年的希望也藏起来，只等待春天再次来临。每一年大地都要经历这样一次轮回，千万年来，不曾改变。

于是，春日不乏有人嗅着泥土的清新，吟咏着"好雨知时节，当春乃发生""春眠不觉晓，处处闻啼鸟""不知细叶谁裁出，二月春风似剪刀"；夏日的知了声又伴随着一句句"人皆苦炎热，我爱夏日长""芳菲歇去何须恨，夏木阴阴正可人"；秋日的昏黄余晖中，有人喃喃"秋风起兮白云飞，草木黄落兮雁南归""自古逢秋悲寂寥，我言秋日胜春朝"；冬日里，有人赏雪烫酒吃锅子，"鸣笙起秋风，置酒飞冬雪""天时人事日相催，冬至阳生春又来"。

风物志：心有欢喜过生活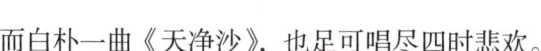

而白朴一曲《天净沙》，也足可唱尽四时悲欢。

春山暖日和风，阑干楼阁帘栊，杨柳秋千院中。啼莺舞燕，小桥流水飞红。
——白朴《天净沙·春》

云收雨过波添，楼高水冷瓜甜，绿树阴垂画檐。纱厨藤簟，玉人罗扇轻缣。
——白朴《天净沙·夏》

孤村落日残霞，轻烟老树寒鸦，一点飞鸿影下。青山绿水，白草红叶黄花。
——白朴《天净沙·秋》

一声画角谯门，半庭新月黄昏，雪里山前水滨。竹篱茅舍，淡烟衰草孤村。
——白朴《天净沙·冬》

春日的山水、风雨、花草、楼阁、亭台，无不是文人最容易注意的地方。大地回春，院内暖风拂过，柳枝摇曳，秋千微荡，小桥流水，落红旋舞，莺啼燕叫，引人相思。所谓思春，大概就是这些景物惹得人心发痒，不能安心于室内。白朴以《天净沙》做了八首小令，春夏秋冬各两首，借四时景物的风光，来形容他一生的经历和心境起伏。上面这四首春夏秋冬曲，即从八首小令里撷选而出。

白朴幼年饱经战乱，回归家园后，与父亲重逢，又恰逢新婚不久，心中满是温情，所以春曲充满了温馨畅快的意味，而没有惆怅、沧桑之感。

最是元曲销魂

北宋秦观在写《春日》时道:"一夕轻雷落万丝,霁光浮瓦碧差差。有情芍药含春泪,无力蔷薇卧晓枝。"秦观的春景写于雨后,庭院深深,碧瓦晶莹,薄雾微启,春光明媚。芍药带雨含泪,蔷薇静卧枝蔓,满是娇艳妩媚。看来无论是白朴的无雨春日,还是秦观的有雨春日,只要逢上赋文之人心情较好,春天便无限美好,而不是充满愁情。

白朴笔下的春日,少年得意尽在其中,而他的夏令似乎也感染到了春令的欢愉。

第二首《天净沙》为夏令,虽然韵调和含义不及春、秋两曲,但满是甜蜜。雨散云收,楼高气爽,绿树殷殷,垂于廊道屋檐,微微颤动,极其可爱。透过薄如蝉翼的窗纱,隐约见到一个身着罗纱、手持香扇的女子躺在摇椅上,扇子缓缓扇动,女子闭目假寐,享受夏日屋内的阴凉,那模样美得令人心动。

在这首小令中,白朴并没有交代女子是谁,但以他和妻子多年痴恋的人生经历来看,此女最有可能是他的妻子。白朴爱妻甚深,妻子的一颦一笑、一举一动,都是他喜闻乐见的,而且在他的记忆中是那样清晰。夏日妻子乘凉的情景,一直都是他脑海中最美的画面。

然而,当仕途的风险令他被迫与妻子分离之后,白朴异常想念妻子。秋天,便是他思念家人最甚的日子。

秋令当中,落霞中的村落不是热闹而是荒僻。轻烟袅袅,老树昏鸦,一点飞鸿成了夕阳中苍凉的魅影,更加勾起说不清的愁，明明还是青山绿水，却早已叶红草白，不是金黄的喜悦，而是不能回家的恨。这样的情景令人忆起马致远的"秋思"，同样是枯藤老树昏鸦、古道西风瘦马，漂泊的断肠人独自在天涯。面对如此萧瑟之景，怎能不令人悲从中来。马致远能达到秋思的极致，不知是否受了白朴的影响，此疑问大可不论，但两个人同样彷徨无助的模样，在夕阳下已渐渐重叠。

白朴的"秋"是一幅远处凄迷、近处清晰的山水画，不求太过形似，唯愿勾勒数笔聊以慰藉，好像电影的"蒙太奇"手法被他早早地运用到了这首秋季小令里。其实，朦胧写实法是元代文人赋文习作大多采取的方法，过于直白的词句除非内涵极深，否则缺少意境，而太朦胧了又显晦涩，因此他们才有别于唐文人的激情和宋文人的理智，而是杂糅了这两种情感意味去写文章，于深刻中见真谛。

凄迷萧瑟的秋季一过，迎来了寒风凛冽的冬季。白朴的心情此刻也跌到了谷底。他在冬季里望见城门上所挂的警戒号角，在冷风中微微晃动颤抖，碰撞到石墙上发出微弱的响动，越发显出冬日的冷清。黄昏日落，山坡上是皑皑白雪，凉月照亮了半个庭院，眼前流淌过一条清冷湾流，面前是一幅衰草孤村的情景，竹篱茅舍变得枯黄，没有鸟儿肯在这里栖息，瑟瑟寒意在静静流动，万籁俱寂。冬日，肃杀了天地各处的生机。

一代才子，生于动乱之世，长于亡国之时，漂泊于扭曲的时代，种种因素致使白朴一直不愿出仕，他也做到了真正的超凡脱俗，连遁离人世都充满了道家的玄妙，如涅槃飞升一般，破碎虚空。所以，跟那些因各种与仕宦有关的理由而隐退的人极为不同，白朴始终充满对现世的同情，对自己的怜惜。他所写的小令、杂剧，内涵只有一个：怜悯一切值得他怜悯的人，无论是李千金、裴少俊、唐明皇、杨贵妃，还是那些香闺中的思妇、街头艺人、江上孤翁，同时也包括他自己在内。

  上面这四曲《天净沙》，正是他的自怜之作。然而，白朴虽有落叶飘零之苦，有魂牵梦萦的痛，但却没有半分怀才不遇之感，这恰是他的脱俗之处。也许只有他这样的性格，才能经历苦难而不幻灭，到最后寻得了自己的道，求得人生的般若。

风物志：心有欢喜过生活

梧桐芭蕉一声雨

雨之一物，不同的地方，不同的人，观之有不同的心境。

李清照喝了三杯两盏淡酒，便有些昏昏欲睡，一晚之后，她睡眼惺忪地醒来，哪里知道那酒真是后劲十足，她揉着眉间，忽而想起昨天夜里狂风暴雨，不知是否摧折了诸多花草，于是，她便问卷帘的侍女，海棠花是否还好？"知否知否，应是绿肥红瘦"。李清照的"昨夜雨疏风骤，浓睡不消残酒"，这里的狂风暴雨就是一种很单纯的现象描写，是行为，是事件，很客观。

王维的"空山新雨后，天气晚来秋"所表达的情意又不一样了。读过之后，只觉唇齿之间也带着一丝空灵清新的气息，说不出的舒畅。这句诗的嗅觉效果、视觉效果十分干净利落，再配合后一句"明月松间照，清泉石上流"，似乎连听觉也被调动了起来。这样的雨，读来让人们觉得干净、清爽、舒适。

陆游也说到过雨，但是，他的雨和李清照的事件性、王维的清新感又不同，有一种带着沉重的马蹄声和盔甲摩擦声的厚重感，"夜阑卧听风吹雨，铁马冰河入梦来"，这样的雨似乎天然就夹杂着铿锵的金属声，肃穆，庄重。

不同作家的雨，有不同的情感，那和作家要表达的意向、情绪、历史有关；还有一种雨，带着一种浓稠到化不开的悲凉和愁

苦,让人读来忍不住落泪。窗外天下雨,窗里人流泪,雨是老天爷的眼泪,泪是闺中人的心雨。

> 窗外雨声声不住,枕边泪点点长吁,雨声泪点急相逐。雨声儿添凄惨,泪点儿助长吁,枕边泪倒多如窗外雨。
>
> ——无名氏《红绣鞋》

此曲《红绣鞋》出于无名人士的笔下,该作者的语言并不华丽,却比知名人士写得更朴实真切。他可能不会用太凄美的词来形容自己的伤心,没有落花无情,没有江水东逝,没有山居秋暝,但处处是悲:窗外、枕边、瓦砾中、败叶上,湿了一地,湿了一枕,湿了的是心房。

李清照在她的词中就写过:"伤心枕上三更雨,点滴霖霪,点滴霖霪,愁损北人、不惯起来听。"身为北方人的她在南方的霪雨中,忆起伤心往事,催泪枕湿。无名氏的这段曲子与李清照的"泪沾巾"有异曲同工之处,不过无名氏为什么而哭,曲中并没有写出来,或许为爱情伤怀,或许为身世悲伤,读者亦不必去深究。

雨虽然是催逼人心苦痛的罪魁祸首,但也成了文人喜欢用的意象,例如曲人张鸣善,便极善用"雨"做文章来打动人心。

身处元末动乱之际的张鸣善,对现实的污浊厌恶至极。前文曾提到他讥讽官场里的人"铺眉苦眼早三公,裸袖揎拳享万钟,胡言乱语成时用",骂官场中大部分人谄媚逢迎、颐指气使、胡说八道,有失斯文。

风物志：心有欢喜过生活

早先在仁宗延祐年间，元朝恢复了科举制度，许多文人以为可以重拾生活乐趣，但元仁宗直言不讳地表示，儒家的文学有助于他的统治，至少"三纲五常"能令民众对皇帝尊崇有加。于是，朱熹规范的《四书》成了考试的重心，宋代一度提倡的素质教育沦为笑柄。张鸣善对这种迂腐的做法非常不满，笑骂社会上古怪的学风："先生道'学生琢磨'，学生道'先生絮聒'，馆东道'不识字由他'。"这段话的意思是：老师不正经教学，学生不正经学习，办私塾的无非是挣钱，所谓的"文人"进了官场，就成了那些挤眉弄眼、阿谀奉承的官场小人。不仅如此，无论是仕宦还是流寇，在张鸣善看来都是祸害百姓。

充满了战斗心的张鸣善，因为语锋太利得罪了很多人，当然也获得了一些人的赏识，但看重他的肯定不是统治者。然而作为一个小知识分子，在当时无非是想一展长才，他的内心充满了生不逢时的苦闷，只有依靠讽刺现实来排遣抑郁。在他众多小令、散曲、套曲中，极难见到悲怆的语句。然而，如此坚强的男儿也会有软弱的一天，最后，在面对绵绵细雨随风起的时候，他也不得不举手投降，心痛难当，如同食了断肠草。

雨儿飘，风儿扬。风吹回好梦，雨滴损柔肠。风萧萧梧叶中，雨点点芭蕉上。风雨相留添悲怆，雨和风卷起凄凉。风雨儿怎当？雨风儿定当。风雨儿难当。

——张鸣善《普天乐》

风儿吹，雨儿飘，夜中的张鸣善本在做着好梦，却忽然被冷

最是元曲销魂

风细雨的寒意激得惊醒过来,好梦摧断,愁肠百转。风吹得梧桐叶簌簌作响,雨打在芭蕉上发出响声,更使人的情感一发不可收拾。雨打芭蕉,半丝柔情半丝泪,张鸣善那时感到的不是柔情,而是凄清。在前半段曲子中,渗透的满是诗人的怅然。

有人认为,《普天乐》曲中的主人公并不是张鸣善,而是一个和亲人离散的憔悴女子。如此雨夜,风雨交加,绵绵不绝,为人平添了悲怆。这风雨儿怎当?怕也要当得住,即便它是那样难当。后半段的曲子好似一个女人对雨低喃,语言软软绵绵,意境痴痴缠缠,梧桐和芭蕉成了风雨徜徉的地方,同时也卷入了女子孤苦的泪与情。

风风雨雨本就是一派凄苦情貌,再加上两种非常具有代表性的植物意象——梧桐、芭蕉——就更惹人伤悲。从文学意义上来讲,梧桐有一种高洁之姿、长久之情。传说凤凰非梧桐不栖,所以梧桐的含义中便带了几分精神力量。再难也会坚强,再苦也会承受。相对比曲人的真实本义来说,或许这是读者更希望具有的情操。芭蕉自不必说,吴文英的"何处合成愁?离人心上秋。纵芭蕉不雨也飕飕",白居易的"碎声笼苦竹,冷翠落芭蕉",杜牧的"芭蕉为雨移,故向窗前种",字里行间,无不犯着一片悲凉愁苦。

全曲像水一样一层层渗透着难过,沾湿了人的灵魂,悲得令人无力。反复读来,倒觉得主人公是不是女子并不重要,关键在于张鸣善由此传递的愁意。司马青衫的琵琶女奏出了"大弦嘈嘈如急雨,小弦切切如私语";而张鸣善的曲中雨,嘈嘈切切错杂弹，幽咽而感人，尽是伤怀在其中。

一个人刚强不等于他不存在软肋，无意间触动了那根软骨，会使人处于情感崩溃的边缘。嬉笑怒骂一生的张鸣善，在雨夜里难当寒意，抱枕拥被痛哭，湿了枕巾被褥。是这荒唐的元朝末年，令他对身世的遭遇倍感不满，令他放不开污秽的人世，想为其尽绵薄之力却不能。

风物无情，自然之雨却不幸地化作了引发人们怅然和思念的媒介。李商隐在他的《夜雨寄北》中写道："君问归期未有期，巴山夜雨涨秋池。何当共剪西窗烛，却话巴山夜雨时。"诗中的"雨"，满是痛苦的情思，与无名氏和张鸣善笔下的"雨"，想必是同一种味道。其实，"雨"应当为自己鸣不平的，因为它并不想惹人相思，惹人失落。可是它从未意识到，自己也许正是苍天的伤心之作，专门下凡来勾缠人心。

最是元曲销魂

心那边的芦花被

元仁宗延祐二年秋（公元 1315 年），贯云石离开大都不久，一个人背着行囊到处游玩，途经梁山泊，被这里的山水所迷，一时间流连忘返，久久不肯离开。苏辙曾写下"更须月出波光净，卧听渔家荡桨歌"的诗句，足可道明梁山泊一带绿柳垂岸、粉荷满地、湖光山色的宜人风景。

叫来一叶小舟，贯云石举步登上，示意渔夫任意泛舟。每当看到触动心灵的风物，他都忍不住赋诗吟曲，渔夫听明白他诗中意境时就即兴渔歌一曲，与他唱和，二人一唱一答，颇有知音的意味。就在这时，贯云石看到船篷边上放着一条被，触手极软，一问才知是芦花絮做的被心，不禁甚为喜欢，想要跟渔夫买下来。哪知渔夫却说，只要贯云石肯为棉被作诗一首赠予他，就将芦花被回赠给贯云石。

贯云石听得一怔，随即微微一笑道："采得芦花不浣尘，翠蓑聊复藉为茵。西风刮梦秋无际，夜月生香雪满身。毛骨已随天地老，声名不让古今贫。青绫莫为鸳鸯妒，欸乃声中别有春。"在这首《芦花被》中，贯云石赞美渔人辛勤、自由、闲适，同时也在说自己很喜欢这种生活。渔人听得喜上眉梢，遂将被子赠给他。从此，诗换芦花被的佳话流传开来。背着芦花被离开梁山泊

风物志：心有欢喜过生活

的贯云石灵机一动，干脆为自己另起别号"芦花道人"，开始了追求云淡风轻的流浪生活。

都说花草自有性情。芦花定然也不例外。

其实，我国很多诗词歌赋也涉及或赞扬过芦花，也就是芦苇。这种身似浮云、心如飘絮的植物，在一代又一代文人的情思中，带上了特有的意蕴和色彩。它漂泊无依，因为一阵风也能让它折断枝干或者芦花纷飞；它孤独且隐逸，因为它总是出现在并不热闹的土地上；它自由自在，独有一股好风凭借力，送我上青云的情操。所以，贯云石喜欢芦花被，不知道是否有这样一番心思？

贯云石是个喜好自在的人，故而他对芦花被的喜好，不禁让人想到唐代贯休的《秋末入匡山船行》，其中有一句是"芦苇深花里，渔歌一曲长"，一种闲散悠适的感觉油然而生。仿佛眼中便出现一幅意境悠远的图画——芦花层层叠叠，风吹过，像是一层薄雾又像是一层细浪，远处不知道谁划着渔舟，轻灵的渔歌便在芦花丛中飘荡开来。

于是，贯云石带着他的芦花被踏遍了山山水水。不知道在那样的时光里，他是否也会引吭高歌，或者闲庭信步，按照他的性情，想必是有的。

行遍了千山万水，看过了种种世间人情，从扬州的明月楼到普陀山上的日出峰，到处都留下了贯云石的足迹。在这些地方，他的文学创作达到了巅峰，以他清丽的词曲慰藉江山，因为江山赐予了他美的享受。

最是元曲销魂

一日，贯云石落脚杭州，被西湖和钱塘的胜景吸引，久久不肯离去，便在此处暂居，找到定居此处的好友张可久，与他携手纵游西湖。西湖风光令贯云石兴致高涨，在泛舟之际他便写下了很多曲子，诸如《粉蝶儿·西湖十景》，专门赞誉西湖景致。

描不上小扇轻萝，你便是真蓬莱赛他不过。虽然是比不的百二山河，一壁厢嵌平堤，连绿野，端的有亭台百座。暗想东坡，逋仙诗有谁酬和？

（好事近·南）漫说凤凰坡，怎比繁华江左。无穷千古，真是个胜迹极多。烟笼雾锁，绕六桥翠障如螺座。青霭霭山抹柔蓝，碧澄澄水泛金波。

（石榴花·北）我则见采莲人和采莲歌，端的是胜景胜其他。则他那远峰倒影蘸清波。晴岚翠锁，怪石嵯峨。我则见沙鸥数点湖光破。咿咿哑哑橹声摇过。我则见这女娇羞倚定着雕栏坐，恰便似宝鉴对嫦娥。

（料峭东风·南）缘何？乐事赏心多，诗朋酒侣吟哦。花浓酒艳，破除万事无过。嬉游玩赏，对清风明月安然坐。任春夏秋月冬天，适兴四时皆可。

……

——贯云石《粉蝶儿·西湖十景》节选

有人说，西湖是一首诗，一幅天然图画，一个美丽动人的故事。《粉蝶儿》里的阳春三月，莺飞草长，苏白两堤，桃柳夹岸；秋霜月下，掩映三潭；冬雨浩渺，细水楼台。水波潋滟，游船点点，远处山色空蒙，青黛含翠，偶见高塔，如临仙境。

这样如诗如画的美景，贯云石与张可久对其不能自拔总是情有可原。南宋时期官宦游人为了表西湖之盛,"册封"了十处景观为美景之至,包括苏堤春晓、曲院风荷、平湖秋月、断桥残雪、柳浪闻莺、花港观鱼、雷峰夕照、双峰插云、南屏晚钟、三潭印月。十景各擅其胜,组合在一起又能代表古代西湖胜景精华。贯云石的这套曲子大概也是受了十景之说的影响,为表十处风景的华美而写下的。

在亲临过蓬莱仙岛的贯云石看来,纵使蓬莱是仙境一般的地方,也比不过西湖之美。古人形容江山胜景有"百二山河"的说法,这个取义来源于《史记》,《史记》中讲,险要之地一夫当关,万夫莫开,两万人守隘口足抵百万人,"百二山河"便由此而来。杭州西湖当然不是险要雄关,但西湖拥有"一壁厢嵌平堤""亭台百座",西湖美景的地位足以胜过川蜀雄关。

清代学者陆以湉在随笔集《冷庐杂识》当中称赞:"天下西湖三十又六,惟杭州最著。"被叫作"西湖"的湖泊很多,唯独杭州美景为最。数百年来,能够把杭州西湖的美和风韵表现得淋漓尽致的也就只有苏东坡的《饮湖上初晴后雨》与在西湖边隐居的林逋所写的隐逸情趣诗。所以贯云石在套曲第一段末尾提到了二人的名字。贯云石自问文学素养达不到苏、林两位的程度,但也想试着描绘当地的胜迹。

在套曲第二段开篇,贯云石说北方有一处胜地凤凰坡,景色极其漂亮,但无法比拟江东各处的秀丽,特别是杭州。他在西湖边上放眼远眺,六桥腾临苏堤上,近处波光潋滟,莲叶无穷,荷花别样,沙鸥点点;远处翠山碧水、怪石林立。采莲人高歌,闺中少女乘着船坊，以扇遮面，羞涩地坐在阑干旁赏湖。

眼前满是景好、花好、酒好、人好，贯云石如何能不乐不思蜀呢？而且身边还有好友张可久陪伴，二人喝酒吟诗，实在有说不出的兴致，多少烦恼都在这清风、明月、湖水中化作虚无。

苏东坡笑谈西湖说："欲把西湖比西子，淡妆浓抹总相宜。"西湖无论是外在，还是内在，都无与伦比。外在是自然赋予，内在是文人骚客以美文填充。在这甜美的风光里，贯云石忘却了在京都经历的宦海风波，同时也表示自己再无涉足仕途的意思。不管曾经的高官厚禄多么诱人，却半点比不上游戏江湖的乐趣。贯云石的好友程文海曾言他是个"功名富贵有不足易其乐者"。因为贯云石认为，功名换不来逍遥的生活与心灵。

清风荷叶杯，明月芦花被，乾坤静中心似水。从得到芦花被、自诩"芦花道人"的一刻，贯云石已经心如止水，绝了名利场，宁可"月明采石怀李白，日落长沙吊屈原"，也不爱荣华富贵。

他避居杭州，偶尔外出采药，经营了一家药铺，一面欣赏钱塘西湖风情，一面以卖药诊病为生，颇像许仙，只是身旁缺少了白娘子。不过贯云石求的不是白娘子，而是乐山乐水。春至包家山修禅，夏季去凤凰山避暑，秋天钱塘观潮，冬季与普通百姓在街头吹拉弹唱，偶尔到天目山与著名的中峰禅师说佛论道，下山来路遇景致随意赋诗一首。就这样在杭州城内城外亦隐亦现，"贯酸斋""芦花道人"的种种行迹，渐渐成了民间的美谈。

明人李开先在《词谑》中记载了贯云石居杭州的一段轶事。

风物志：心有欢喜过生活

某日有数名文客游览杭州西南大慈山慧禅寺的虎跑泉，众人喝茶间打算以"泉"赋诗。一个人在那里"泉、泉、泉"了半天，始终没有说出什么。突然有一个持着拐杖的老人走过来问他们在做什么。这些人说了缘由，老人抚须微笑，道："泉、泉、泉，乱迸珍珠个个圆。玉斧斫开顽石髓，金钩搭出老龙涎。"众人惊问："老人家可是贯酸斋贯先生？"老人淡笑点头，与几个年轻人同坐饮酒，直到微醺才离去。

"去留无意"一词，应该足以概括贯云石的一生，不被纸醉金迷所惑，唯愿徜徉于西湖，问道于山水，求得文学圣境。后人说他与徐再思的曲并称"酸甜乐府"（徐再思号甜斋），且说他的曲风"擅一代之长"，能够引领当世的风尚，这般评价，却不足以说明他的高洁。即便贯云石晚年的知交欧阳玄，在他死后为其撰写碑文，写到其"武有戡定之策，文有经济之才"之后，实在也不知该怎样形容贯云石了，只好以"其人品之高，岂可浅近量哉"草草结束。

一位浊世佳公子，抬头看的是苍天，低头量的是大地，万物的恒久虽然不能完全触及，但他尽量以自己的心和笔去靠近，无论是进梁山泊，还是入西湖，他都希望能在这些地方求得词曲与人格的永生。

最是元曲

渔父：快活如侬有几人

屈原既放，游于江潭，行吟泽畔，颜色憔悴，形容枯槁。
渔父见而问之曰："子非三闾大夫与？何故至于斯？"
屈原曰："举世皆浊我独清，众人皆醉我独醒，是以见放。"
渔父曰："圣人不凝滞于物，而能与世推移。世人皆浊，何不淈其泥而扬其波？众人皆醉，何不铺其糟而歠其醨？何故深思高举，自令放为？"
屈原曰："吾闻之：新沐者必弹冠，新浴者必振衣。安能以身之察察，受物之汶汶者乎？宁赴湘流，葬于江鱼之腹中。安能以皓皓之白，而蒙世俗之尘埃乎？"
渔父莞尔而笑，鼓枻而去。歌曰："沧浪之水清兮，可以濯吾缨；沧浪之水浊兮，可以濯吾足。"遂去，不复与言。

——屈原《楚辞·渔父》

这是《楚辞》里的《渔父》，关于其作者很有争议，有人说是屈原，有人说是宋玉，还有其他说法。《渔父》通篇通过两人的对话，展现了两个不同的精神世界。

屈原代表的是那种清高士人，这类人对自己的标准太高，对于心中的"道"非常执着，既然这个世界不干净，我也做不到改变这个世界，那么，我只能离开这个世界了，免得沾染红尘，脏了自己。

风物志：心有欢喜过生活

渔父却不同。他有自己的生存智慧。无论这个世界到底是怎样的状态，我能够适应地活着，江水干净就用来洗帽缨，江水不净就用来洗脚，人总能自己找到自在得宜的状态。在渔父看来，人活着，不需要太强烈的执念，顺其自然。而且，在文章里，渔父最后是没有能够说服屈原的，屈原对他的观点也不甚赞同。但是，他并没有选择继续说服或者抬杠，而是选择唱歌离开，不再说下去了。这是一种特别自然的状态。这样的人就如同隐士，无论世道好坏，总有自己的活法。

于是，从《楚辞》开始，"渔父"这种随遇而安、乐天知命的精神形象就逐渐为后人观摩、借鉴。比如，南唐后主李煜的《渔父》：

浪花有意千里雪，桃花无言一队春。一壶酒，一竿身，快活如侬有几人。

李煜的天赋不在做皇帝，而在于文学和艺术，这样的人自然是更喜欢快活自在的生活，而不是生在皇家。

在元代，为咏叹渔父煞费苦心的文人，乔吉大概是第一人。他一生给渔父写了数十余首词曲。在《乐府群玉》中就收录了二十首，每一首的写作时间都不一样。他所到一处，只要见到渔父水上作业，总忍不住放歌以解情怀。渔家风情之所以诱人，不在于渔人收入多少，而是乔吉觉得他们能够笑傲江湖，比遭遇

最是元曲销魂

了险恶仕途的自己纯洁、高贵得多。

吴头楚尾,江山入梦,海鸟忘机。闲来得觉胡伦睡,枕著蓑衣。钓台下风云庆会,纶竿上日月交蚀。知滋味,桃花浪里,春水鳜鱼肥。

活鱼旋打,沽些村酒,问那人家。江山万里天然画,落日烟霞。垂袖舞风生鬓发,扣舷歌声撼渔槎。初更罢,波明浅沙,明月浸芦花。

秋江暮景,胭脂林障,翡翠山屏。几年罢却青云兴,直泛沧溟。卧御榻弯的腿疼,坐羊皮惯得身轻。风初定,丝纶慢整,牵动一潭星。

江声撼枕,一川残月,满目遥岑。白云流水无人禁,胜似山林。钓晚霞寒波濯锦,看秋潮夜海镕金。村醪窨,何人共饮,鸥鹭是知心。

——乔吉《满庭芳·渔父词》四首

以上四首是从乔吉众多《渔父词》中撷取而出。

首曲讲乔吉来到古代吴楚的交界之处(今江西北部),此处距他寄居的江南苏杭之地不远。江赣北部的旷远景象,激发了乔吉的诗性,在这里他赏江鸭观鸬鹚,几乎忘却了自身。不去惦念前尘,不去思考未来。宁静的江水令乔吉全身心融入其中,抛掉

风物志：心有欢喜过生活

所有心机，几乎进入了天人合一的境界，所以乔吉用"海鸟忘机"来形容自己此刻的精神境界。

在《列子·黄帝》中曾提到"海鸟忘机"的典故。一个人每天清晨到海边逗引鸥鸟。鸥鸟知他无捉鸟的意思，便纷纷落下与他玩耍。这个人的父亲知道之后，让他去捉鸥鸟来赏玩。等到这人再次来寻鸥鸟时，鸥鸟却看出了他的动机，始终盘桓不落。心无杂念的人才容易让人与之真诚相处，渔父因为没有功利之心，所以能与鸬鹚交友、鸥鸟对歌，他心胸坦荡、无忧无虑，醒时戏水，困时抱着蓑衣躲在船篷内睡个昏天黑地，这是何等舒适的生活。乔吉看到了他们的悠闲自在，又如何不羡慕呢？

日月交辉，风云际会，时间在不知不觉中流逝，被渔父耽误了行程的乔吉不认为自己是在浪费时间，反而觉得"桃花流水鳜鱼肥"才是真正的生活，过去留恋官场不过是浪费青春的噩梦。对命途坎坷、仕宦多波澜的他来说，也就只能把对一切现实的不满转化为对荡舟湖光山色中的喜爱了。逃避悲痛总比陷入悲痛更容易令他接受。此后，每至傍晚，日薄西山心潮无法平息时，乔吉对渔父的注意就更多了。

第二首曲是渔父收网后的情景。长河落日，云霞如烟，江山似一幅泼墨的画卷。傍晚，渔父本该收工，忽然嘴馋起来，便用现打的活鱼卖钱换酒，自斟自酌。在收网过程中，渔父放歌一曲，一副惬意的模样。等到劳作、歌唱兴尽过后，渔父们陆续划船归家，喧闹的江面恢复宁静，只剩下清澄的水波在初升的月下

最是元曲销魂

微微荡漾。两岸芦蒿被微风拂过，芦花闪动，发出簌簌的声响，人心好像被这声音安抚了一样，归于平静。

通常文人们写渔父曲，几乎都会提到"芦花"二字。在乔吉的第二首曲子末尾，也提到了此物。芦花其实并不美，白花点点，夜晚更没有什么美感可言，然而这里孕育了白鹭沙鸥，滋养鱼类，是渔人赖以生存的地方。贯云石就言，在满目苍花之中，渔人"虽无刎颈交，却有忘机友"，他们不求获得多少生活和生命的保障，却拥有令人间万户侯都艳羡不已的自由和陪伴他们的水上鸟。乔吉用"芦花"为曲子收尾，即表达对渔父生活的喜爱。

秋江暮景，夕阳醉染山林，渔翁们过着数十年如一日的生活，近可到青山，远可到沧溟，想去哪里就去哪里。第三曲《渔父词》所描述的无拘无束式隐逸，即乔吉欲选择的隐遁方式。他特别以"卧御榻"的严子陵自喻，表示自己一定不能再回头留恋仕途。

严子陵是东汉的高士，王莽篡政时曾邀请他做谋士。为了避开窃国者的怂恿，严子陵避居乡野。光武帝刘秀复政之后便给他写信，亲自登门拜访求他出仕，甚至与他同榻而眠，毫不避嫌。但严子陵看透了官场互相倾轧的现实，立刻抽身归去，隐居于富春山下，常年披着羊皮夹袄于江边垂钓，不问尘缘。

卧御榻时，腿和心都是悬着的，因为伴君如伴虎，所以睡了一夜也会浑身酸痛；披着自家的衣袄坐着睡着，就算再沉重，醒来也觉一身轻。名利本为浮世重,能放下才是聪明人。想到这里,乔吉重归现实,写下了上面的第四首曲子。他纵览四下的风景,再次低头望着眼前波光如洗的湖水,内心已是豁然。于是他卧舟水上,听着浪打浪的声音,看晚霞染红江水,观秋潮时涨时停,仰望行云流水,不去寻找他人共饮,对川水残月独酌,将鸥鹭视为知音。

第四首曲子专写渔父,从白日写到午夜,从夏暑讲至冬寒,从头至尾其实就是乔吉的自白书。他不停告诉自己,一定要相忘于江湖,他觉得没什么好留恋的,也不必留恋,只去过着渔人的生活,远离市井,自制珍酿,笑语欢歌。

有意思的是,文人一贯爱给他们欢喜的人或物做一个精神寄托,他们所赞扬或者批评的,都是自己所见所想。于这些羡慕渔父生活的文人而言,渔父就是一种自由自在的职业,跟着自然吃饭,打鱼的时候必定有渔歌,休息的时候必定有一壶酒,闲来无事必定还会垂钓一番。多么恣意悠闲的生活,不像他们这些在官场和社会拼搏挣扎的人,要对自己的事业积极经营,文人有那么多的无可奈何花落去,骚客有那么多的不与苟活人世间,雅士有那么多的愿作青山一棵松,他们把自己的理想甚至是臆想献给了这样一个他们定义的人物——渔父。

但是,就渔父本身而言,打鱼有一种听天由命的赌运,今天有饱饭,明天可能没有饭,他们自己也在忧愁。他们从事这样一种靠天吃饭的职业,或许还有一大家子只能靠着这份不稳定的工

作养活。他们的快活自在,或许并不是每天都有的状态。

　　谁知道呢?人们需要一种寄托和爱,那么,渔父就是"一壶酒,一竿身,快活如侬有几人"。

风物志：心有欢喜过生活

且看人间梅花开

墙角数枝梅，凌寒独自开。遥知不是雪，为有暗香来。

——王安石《梅花》

一首诗读下来，仿佛满鼻的梅花清香，带着一些清冽的雪味，闻之则精神奕奕，见之则我心欢喜。难怪古人便有踏雪寻梅、雪下赏梅的习俗，这冬日里，瑞雪兆丰年，自家院子里再有几株梅花，便是再好不过的事情了。若是有一片梅林，那便是雪中仙境一般，仿若能够见着梅花仙子的傲然之姿。冬日里，本来百花衰败，竟然能见着一株树开满花，红梅也好白梅也罢，都是一份欣喜。所以，梅花被形容为"孤洁"，自然有百花败时它来开的缘故，也有它比雪多一缕魂香的因果。

早在《诗经》当中，梅就已经成了北方各国民歌不可缺少的角色。

殷商时代的人甚至拿梅子入酒，成为饮食必不可少的佐料。

南北朝时期，梅花已成不可不观的胜景，许多身在南方的人因一生未能观梅而引为憾事，而有关梅的传说更是不计其数。

相传隋代有男子名为赵师雄，在游浮罗山时留宿山中，夜里梦见与一位衣着朴素的女子饮酒。女子的身上芳气袭人，她身后跟着的绿衣童子不时地欢歌笑语。天亮时分,赵师雄从梦中惊醒,却发现自己睡在一棵梅花树下,树上有翠鸟鸣啼,暗道也许自己遇到的是梅仙,那童子大概就是枝头的翠鸟了。赵师雄在浮罗山中等了数日,再没梦见梅花仙子,最终惆怅地离开。

要说到古今爱梅第一人,非林逋莫属,这个人物,我们已经在前面多次提到,现在也来细细讲一下他的故事。林逋自幼好学,才华横溢,前途自是无可限量。但是,他性子怪僻,不爱富贵荣华,只喜山林之乐。从性格来看,林逋是一个很孤傲的人。后来,他的足迹遍布江淮之地,更是坚定了自己隐逸的决心。他在杭州西湖隐居,从未做官,从未婚配,独身一人。他独爱梅花和鹤,一生便与其结缘,称梅是自己的妻子,鹤是自己的孩子,便有了"梅妻鹤子"一说。他非常有名的一首诗是《山园小梅》:

> 众芳摇落独暄妍,占尽风情向小园。
> 疏影横斜水清浅,暗香浮动月黄昏。
> 霜禽欲下先偷眼,粉蝶如知合断魂。
> 幸有微吟可相狎,不须檀板共金樽。

从这首诗中,我们能够看出满满的超脱天地的自在,那种对自然的喜爱,这个性情中人始终如一。据说,林逋在小孤山种了三百六十多株梅花,简直可以称得上是一片梅海;而在他死后,他养的一只鹤也死在了他的墓前,死前声声悲鸣,不绝于耳,人们将鹤埋葬起来,并将其称为"鹤冢"。

都说人间自是有情痴,林逋可谓"梅痴"了。

风物志：心有欢喜过生活

元代，也有两人爱梅不已，不过，一个是无意间与梅相恋，一个却是有意追随梅的影子。他们就是贯云石和徐再思，两人一号"酸斋"，一号"甜斋"。

他们乐山逸水，爱写男女相恋，酸甜莫辨，其中的滋味如果不去亲自体会，就不能感知他们曲中的黯然销魂。

南枝夜来先破蕊，泄露春消息。偏宜雪月交，不惹蜂蝶戏。有时节暗香来梦里。

芳心对人娇欲说，不忍轻轻折。溪桥淡淡烟，茅舍澄澄月。包藏几多春意也。

——贯云石《清江引·咏梅》

酸斋咏梅的小令共有四首，皆以《清江引》为曲牌，这是其一、其三。第一首写早春的梅花，此时冬雪尚铺盖大地，梅花初放似报春，却不如桃、李、杏、樱那样争春，也不惹任何蜂蝶来嬉戏，而且到了夜晚，它的幽香丝丝缕缕的，还能进入人们的梦乡。梅在月下幽静孤高，不流俗，不媚骨，正如贯酸斋本人一般。正是因为梅花在千层冰雪的覆盖下依然芬芳，才能数千年来长啸于春。这超凡脱俗之花，在酸斋心中就是他自己的象征。于是他在夜晚起身穿衣，去追寻梅香的源头。如此便有了上面的第二首咏梅曲。

酸斋一个人独步在月色如水的郊外，看着无边的静谧天空、

最是元曲销魂

浩渺银河，长长地叹息一声。翻过小桥溪水，隐约可听到冰下溪水的叮咚作响。远处是还冒着淡烟的茅舍，似乎是农家在烧炉取暖。正当此时，又一缕淡淡的梅香再次顺着微微的寒风溜过鼻尖，混合着农家烟火的味道，沁人心脾。酸斋顺着香气飘来的方向望去，才发现月下溪边正绽放的寒梅。他急忙走过去，本想抬手折一株拿回家去，但又怕损害了梅的姿态，惊动梅仙，只好忍住采撷的欲望，想象着眼前是一个绝世梅仙。

在酸斋眼中，这个梅花仙子乃冰做肌理、玉做肤脂，衣服飘然欲飞，似乎对酸斋也有几分欲语还休。如此更令酸斋不敢折枝。然而天色渐亮，午夜快要离去，清晨即将到来。酸斋所想象出来的仙女渐渐消逝，原来她竟然是雾霭造成的幻象。此刻，空气中只剩下了梅花带来的春意。

贯酸斋笔下的梅，清幽而优美，叫人只敢远观而不敢近看。此梅曲是佳作，曲人亦是佳人。而甜斋徐再思笔下的梅，也拥有同样的韵致。其实那些懂得欣赏梅骨的人，心同样都是玉洁冰清。

昨朝深雪前村，今宵淡月黄昏。春到南枝几分？水香冰晕，唤回逋老诗魂。

——徐再思《天净沙·探梅》

甜斋徐再思与酸斋贯云石同在黄昏之后月下赏梅，情致却不同。酸斋是闻香气而去寻梅，甜斋则是为寻梅而闻香。

这首《天净沙》与酸斋的《清江引》同写冬末春初时节，此时梅花开得并不多,必须去仔细探寻。甜斋已经寻了几天,先到前村,后到村外,终于见到了梅花。他看到的梅有着水般清新和冰样骨感。在黄昏之中,幽梅的姿态、香气均美到极致,已经足以唤回梅仙林逋的魂魄,教甜斋如何去咏梅、爱梅。

看"酸甜二斋"的咏梅曲,无论他们有意无意与梅相恋,梅花对他们的回报已经足矣。那些踏雪寻梅的高士,忍着彻骨的冰寒寻求梅仙,梅仙同样对他们的情感一一回应。然而惊破寒冬的梅花,不希望人们再给它太多咏叹,也不希望人们将它标榜得那样孤高。

后人常以"梅花香自苦寒来"形容梅花只在寒冬腊月现身的骄傲。而且很多诗人、词人自比梅子,想要从梅的身上沾得几分高洁气息。然而,他们真的了解梅的心意吗?

天寒地冻,冬风摧残,孤寂的不只是人心,天地也是孤单地沉寂着。梅正挑这时现身,陪天地度过难熬的苦寒,大概这才是它的精神,度人度己。

相思泪：若无相欠，怎会相见

墙头马上，一面之缘误终生

《墙头马上》是白朴最得意之作，倾注了他的很多感情。剧中的主人公李千金，是洛阳官宦人家的小姐，刚过二八年华，小女儿的心事便由原来的红装刺绣及玩耍转变为考虑嫁人的问题。

剧情是从李千金在某日趴于墙头向外张望开始的。长年不出闺门的她，因为对外面的世界格外好奇，便爬上梯子登墙，看院外大街上的风景。心情略显惆怅的千金深吸了一口气，轻轻地唱道：

【寄生草】柳暗青烟密，花残红雨飞。这人人和柳浑相类，花心吹得人心碎，柳眉不转蛾眉系。为甚西园陡恁景狼藉？正是东君不管人憔悴！

——白朴《墙头马上》第一折

白朴《墙头马上》中的这段是写李千金所住的园内情景，"柳暗青烟密，花残红雨飞"，表面上来看，是李千金看到园内景物残破，徒惹心中不快。实际上，恰恰相反，是因为佳人不快，才看不惯园内风光。

就在她百无聊赖的时候，突然见到一个俊美至极的书生骑马经过。两人四目相对，风拂过，掀起二人的发丝，勾勒出他们清

相思泪：若无相欠，怎会相见

新的轮廓，那一瞬间，他们彼此均如沐春风。千金脸上一红，急忙从梯子上下来，躲在墙后。

骑马的书生并不是普通人家的子女，而是工部尚书裴行俭的儿子裴少俊，但千金并不知晓。裴少俊当时年过十八，墙头惊鸿一瞥，觉得千金貌若天仙，一时间心潮涌动，文思泉涌，便写了首诗，抛进了李家的墙内。躲在墙后的千金拾起诗来看了看，微笑着回赠一首抛出去。此后，两人便常传小诗，互表心意。以诗传情是古人的常用手法，王实甫的《西厢记》里也有类似的情景。

李千金的乳母发现二人偷偷恋爱，可怜他们爱得辛苦，便帮他们两个私奔。裴少俊遂把李千金偷偷带回家藏在后院，整整七年，裴家人都没有发现李千金的存在。这七年当中，李千金还为裴少俊生了两个孩子：儿子端端六岁，女儿重阳四岁。

许是天不从人愿，又或者事情早晚要曝光。端端和重阳在玩耍的时候被工部尚书裴行俭发现了，后者几番追问裴少俊，才知道他们竟然早已暗结连理，便大骂李千金不知礼数，迫使裴少俊休了她。李千金据理力争，但裴少俊却拗不过父亲的威逼而休了她。痛苦异常的李千金唯有回到洛阳，却发现父母双亡，一时间悔恨不已，心念着：

【醉春风】家万里梦蝴蝶，月三更闻杜宇。则兀那墙头马上引起欢娱，怎想有这场苦、苦。都则道百媚千娇，送的人四分五路，两头三绪。

——白朴《墙头马上》第四折

最是元曲销魂

想当初只顾着恋爱,可七年下来却落得被休的下场,父母又双双亡故,人生还有什么希望?万念俱灰下,她去了父母的坟前守孝,想要寻个清净。

时光匆匆流逝,大半年过去了,裴少俊中了进士,担任洛阳令一职,他将父母接到洛阳,打算与李千金再续前缘。但是李千金那时早就断绝了复婚的念头,而且她痛恨裴少俊的懦弱无情,她与他相伴多年,并生有子嗣,说休弃便休弃了自己,缘分已被割断,还有什么可续,于是死活不肯答应复婚。

裴行俭这时知道了李千金竟然是自己的旧交李世杰之女,便主动跑去跟她道歉,希望她再做自己的儿媳妇。李千金被求得心烦,又看到自己的儿女抱着她的大腿不肯松开,无奈之下只好原谅了裴少俊。

总之,一切"皆大欢喜"。

一个墙头眺望,一个高马行街,成就了这段姻缘,所以白朴为李千金与裴少俊的故事起了《墙头马上》的名字,以言表对墙头、马背等"媒人"的感激。白朴为李、裴设定的美好结局,让这个故事成为元杂剧四大爱情剧之一,也是难得的喜剧。然而在真实生活中,李、裴二人原型的结局却并非如此。

这个故事本源于白居易的《井底引银瓶》:

井底引银瓶,银瓶欲上丝绳绝。
石上磨玉簪,玉簪欲成中央折。
瓶沉簪折知奈何?似妾今朝与君别。
忆昔在家为女时,人言举动有殊姿。

相思泪：若无相欠，怎会相见

婵娟两鬓秋蝉翼，宛转双蛾远山色。
笑随戏伴后园中，此时与君未相识。
妾弄青梅凭短墙，君骑白马傍垂杨。
墙头马上遥相顾，一见知君即断肠。
知君断肠共君语，君指南山松柏树。
感君松柏化为心，暗合双鬟逐君去。
到君家舍五六年，君家大人频有言：
"聘则为妻奔是妾，不堪主祀奉蘋蘩。"
终知君家不可住，其奈出门无去处。
岂无父母在高堂，亦有亲情满故乡。
潜来更不通消息，今日悲羞归不得。
为君一日恩，误妾百年身。
寄言痴小人家女，慎勿将身轻许人！

整首诗讲述了一个女子从青春慕艾走向被遗弃的结局，那种内心的愤懑溢于言表。

头三句便是对女子命运的概括，宝瓶虽然珍贵，玉簪虽然精致，但是，即便再珍贵无匹、精致无价，都碎了、折了，这就是女子的命运，她曾经也有闺中小姐的身份，也有父母兄弟的疼惜，哪里知道，最终落得个无家可依的落魄儿的命运，实在是可悲可叹。那样的命运又能怎么样呢？女子孤身一人，却是无力反驳这样的结局，她后来身世悲惨，一如和小郎君的惜别。虽说都是身不由己，但是一个男人却无力保护自己的心上人，任由一个女子孤身流浪在外，实在也是可鄙可恨。

遥想往昔，女子在家时，也是个人人夸赞的大家闺秀。她的出身并不低，她的容貌也是世所罕见，鬓角像秋蝉的翅膀一般，俏丽可人，那一抹远山眉也让人心动无比。大家小姐平时也没有什么消遣，便和女伴在后花园嬉戏游玩，赏赏花，扑扑蝶，或者荡荡秋千。那个时候，小姐还未曾认识小郎君。或许，和之后的命运相比，哪怕是父母之命、媒妁之言的婚约似乎都要更好一些，起码不用被休弃，饱受侮辱，遭受背叛，没有尊严。

怪只怪造化弄人，本来只是瞧着树上的梅子十分青翠娇嫩，想要赏玩一番，才任性地爬上矮墙。哪里知道，小郎君正巧骑马打杨树下经过。当时瞧着真是好相貌、好气度，自小在深闺中的女儿家，哪里见过这般俊俏的男子？墙头的小姐，马上的公子，只是遥遥相望了一眼，竟是电光石火之间，红绳缔结在了一起。

两人郎有情妾有意，之后更是互通款曲，决定私奔。就当时的社会环境来说，一无媒二无聘，一个男子竟就这样约着姑娘一同私奔，他自然知道社会礼教对女子的要求，但是，他竟然也没有反对，完全不管这样做可能给小姐带来的麻烦和隐患。可见，负心薄情在这段感情的开始便有了端倪。

小姐到了男子家里，一待就是五六年，没有任何名分，一个大家小姐竟然就如同丫鬟侍女一般伺候了男人这么久。男子家里举行的祭祀，这位小姐根本不能以主妇的身份参与，就是因为男方家觉得只有明媒正娶的才是"妻"，这种私奔而来的女子顶多就是个妾。古时妻妾地位分明，嫡庶尊卑有别，她做不了正妻，甚至连妾都不是，她的儿子成不了嫡子，甚至连外室子都不如，

相思泪：若无相欠，怎会相见

这对于一个出身高贵、容貌美丽、性情果敢的大家闺秀来说，就是十足的侮辱。本以为郎情妾意能定下夫妻姻缘，竟然只是镜花水月一场梦，可见也是这位小姐所托非人了。

这样的地方，蹉跎青春、侮辱尊严，根本没有什么可留恋之处。男方家也一直在赶女子离开。这位曾经为了爱情而牺牲的女子出得门来，忽然十分迷茫，她现在独身一人了，天地浩渺，却再没有了她的容身之地。难道是因为自己没有父母高堂？难道是因为自己没有亲朋好友帮衬？都不是！只是因为自己当初做下那般"丑事"，如今已经没有脸再回家见人。

这位小姐回想起当年自己和小郎君的相识，也就是那一面之缘，竟然耽误了她这么多年，她受了多年的苦楚委屈，熬了多年的谩骂侮辱，本来觉得还可以精诚所至金石为开，现在想来不过是十分可笑的执着罢了。最后，小姐要规劝所有幻想着才子佳人故事的人，尤其是那些痴心的小女儿，不要再沉迷于这种没有自尊的感情，轻易地托付终身，很可能错付他人！

我们可以发现，《墙头马上》和《井底引银瓶》是两个不同的结局，前者是戏剧，本着娱乐观众的目的，所以创造出一个皆大欢喜的结局，但是，我们仍然可以看出女方心中深深的怨气；后者的结局是悲惨的，被欺骗、被辜负、被利用、被侮辱、被遗弃，最终也不知道归于何处。白居易在写唐明皇与杨贵妃的时候，说出了"在天愿作比翼鸟"的美好愿望，可是在他的这首诗中，写的却是"劳燕分飞"。

最是元曲销魂

现实的残酷让人们心灰意冷，所以人们把美好的希望全寄托在向往当中。许多古代的悲情故事，在曲人、剧作家的笔下都变成了欢喜结局，这些作家们想从世人那里看到感动和欢乐的泪水，不想看到他们为一个个悲情故事而痛哭流涕。

相思泪：若无相欠，怎会相见

一曲西厢，唱罢小红娘

古有三姑六婆，"三姑"是指尼姑、道姑、卦姑；"六婆"则是指牙婆、媒婆、师婆、虔婆、药婆、稳婆。一说到媒婆，就会让人忍不住想起包子头、罗圈腿、大红嘴、唇边还有一颗痦子的老太婆，身着花花衣服，到处去给人说媒。瘸的说成能飞的，哑的说成能吹的，全靠一张嘴，对她们有好印象的都是父母之辈，想追求自由恋爱的年轻人看到他们就会敬而远之。

电视剧里把媒婆的形象画了一个永恒的框框，让人大多对她们讨厌至极，但是对于红娘这个角色，却很少有人厌恶。俗话说，做一次媒添一次寿，很多人都愿意做一次红娘，给别人牵红线，搭鹊桥，最后享受谢媒酒外加谢媒金。红娘之所以这么受欢迎，不得不归功于王实甫。

王实甫的《西厢记》并未让后人局限于张生、崔莺莺等角色，却把最佳女配角红娘推上历史舞台，实在是他的不经意之举。《西厢记》原本是由唐人元稹的传奇小说《莺莺传》改编，主要讲张生和莺莺恋爱的波折，红娘不过是个不起眼的丫鬟，但王实甫却加了她的戏份，将其作为张生和莺莺爱情的催化剂。不料这一增戏份，却把红娘捧红了。

不必细述《西厢记》的种种情节，只简单讲讲张生与莺莺的

最是元曲销魂

邂逅与续缘。崔相国身故,夫人郑氏护送丈夫灵柩回河北安平安葬,身边带着女儿崔莺莺。在行至河北的途中因故受阻,郑氏等人只好暂居河中府普救寺。

寺中的住客当中还有一书生张生,他本是前礼部尚书之子,父母死后家境败落,赴京赶考也经过此地,在普救寺中停留,碰巧遇到在寺中游览的崔莺莺和红娘。张生见莺莺美貌如花,立刻一见钟情,唐突地送了莺莺一首赞美诗。他原以为会遭到莺莺的拒绝,没想到莺莺竟然回了一首诗。从此二人就这样悄无声息地以情诗为媒介开始恋爱。几日下来,崔夫人发现女儿的行为反常,暗中叫红娘监视莺莺,却不料红娘阵前倒戈,反而帮助两人私下幽会。

当朝叛将孙飞虎听闻崔莺莺有倾国倾城之容,便率领五千人马,围困普救寺索求美人。崔夫人一心解围,声称谁能解"普救寺"之难,就将崔莺莺许配给他。张生立刻书信一封给他的八拜之交、征西大元帅杜确,铲除了孙飞虎这个大害虫。但之后崔夫人突然出尔反尔,声称莺莺已经许配给公子郑恒。张生和莺莺只有隔墙以琴表心意,通过红娘进行书信来往。

红娘之所以极力撮合张生和莺莺的情事,一开始是热心,后来则带几分私心。在她帮助张生穿针引线时,张生表示过要好好酬谢她,她却说:"不图你甚白璧黄金,则要你满头花,拖地锦。""满头花"和"拖地锦"其实是古代婚嫁的礼服,她的意思是希望张生能纳她为妾。

相思泪：若无相欠，怎会相见

古代嫁娶，权富之家有"陪嫁丫头"一说，在一夫一妻多妾制的时代，一个正妻多个侍妾是很平常的事情。就正妻来说，与其让丈夫从外面纳一些不知品行的人为妾，不如自己熟悉的身边人好掌控。所以，能够陪嫁的人，或有亲缘关系，或有从小长到大的情分，对于正妻之位的人来说，比起"外面人"，这些自己人更值得信任。

对红娘来说，她最大的私心或许就是为自己寻得一个如意郎君。如果要她嫁人，即使为正妻，配的可能也是一些下人角色，且可能由不得自己喜好，子子女女也不可能有更为尊贵的出身，或许还是给人为奴为婢。不得不说，小红娘有自己的野心。所以，她冒着风险，违背老夫人的意愿，打算极力促成张生和崔莺莺的姻缘，便是为了让两人记得她曾经相助的这份恩情。有了这份情义，于张生来说，红娘求取一个小妾的位置也并不过分，且红娘相助两人的时间里，也有足够的时间和手段和张生暗生情愫；于崔莺莺来说，这个曾经竭尽全力成全过自己的人，定能够和自己一条心，做个妾而已，地位越不过自己去，或许也能免去一些"窝里斗"的烦恼。

从当时的社会环境考量，红娘这样的私心真不好说是"坏"的，于张生、崔莺莺两人来说或许有挟恩求报的嫌疑，但是也不是什么不好接受的事情。所以，红娘多次暗示张生如何报恩，便也有了缘由。

在红娘的协助下，张生与崔莺莺虽然能隔墙幽会，但无法见

面依然让两人活得很苦。几天之后,张生就因相思而病倒,莺莺也因日思夜想而魂不守舍。崔夫人叫来红娘严刑逼问,才知张、崔二人一直有来往。红娘料定夫人听闻之后会怒不可遏,不但不怕,倒干脆为张、崔辩驳起来,指责夫人不通人情。

【秃厮儿】我则道神针法灸,谁承望燕侣莺俦。他两个经今月余则是一处宿,何须你一一问缘由?

【圣药王】他每不识忧,不识愁,一双心意两相投。夫人得好休,便好休,这其间何必苦追求?常言道"女大不中留"。

【麻郎儿】秀才是文章魁首,姐姐是仕女班头;一个通彻三教九流,一个晓尽描鸾刺绣。

【幺篇】世有、便休、罢手,大恩人怎做敌头?起白马将军故友,斩飞虎叛贼草寇。

【络丝娘】不争和张解元参辰卯酉,便是与崔相国出乖弄丑。到底干连着自己骨肉,夫人索穷究。

——王实甫《西厢记》第四本第二折

这五段唱腔出于《西厢记》第四本第二折,是红娘最出彩的唱段。"圣药王""麻郎儿""幺篇"三段曲子是红娘赞崔、张是才子佳人、情投意合,而张生的义兄还是大将军,与崔家门当户对;而"秃厮儿""络丝娘"两段里,红娘直接指出老夫人不守信用,坏人家姻缘,连心头肉的好女儿都不管不顾。五曲铿锵有力,完全展露了红娘伶牙俐齿的一面。

老夫人被红娘一连串的抢白,弄得一句话也说不出来,思来想去,考虑到张生义兄杜确的身份,只有同意二人交往,但要求

相思泪：若无相欠，怎会相见

张生必须考取功名，才可以和崔莺莺结婚。不久，张生果然考得状元，立刻赶往家中报喜。

然而一波未平，一波又起，郑恒突然横插一脚，欺骗莺莺说张生已经成了卫尚书的东床快婿，意图染指莺莺。好在张生和杜确及时赶到，惩治了小人郑恒。而张生终于得偿所愿，抱得美人归。此时的张生早把答应红娘的事情忘在脑后，小小的牵线人只能黯然退出了舞台。

红娘的可爱、大胆、泼辣赢得了众多人的喜爱，然而人们总是看不到一个角色背后的悲剧。据说当代学者吴晓铃曾在他的书中说红娘想要张生娶她为妾才肯那般全力帮忙，这个言论在当时遭到很多读者的痛骂。其实，是由于人们对戏剧形象要求过于完美的惯性在作祟，所以不愿承认红娘的私心，然而这却是王实甫要在《西厢记》里真正突出红娘的原因。红娘的个性再坚强泼辣，她一样是一个需要呵护的小女人，她并不是人们心目中的神，而是一个没有社会地位的女人，仅仅想要为自己寻找出路。她撮合莺莺与张生，既不损人又可利己，这才是真实的人性。王实甫正是站在人性的角度进行着艺术探索。

每日混迹在妓馆市井的王实甫，见"卑贱者"无数，了解到他们每个人活着的方式都有所不同，生活际遇也大相径庭。他如此写红娘，一是对此类女性心存同情，二是真的想在戏曲中为普通世人争得永世流芳的机遇。

如今再听人们说"愿天下有情人终成眷属"的时候，深感他

们其实也是在为自身祝福,红娘不过是把这一切付诸行动,至于成功与否,能否为自己争得一片天地,则全看天意是否成全。但是,红娘依然活得有血有肉,这才是王实甫欲为世人呈现的大雅和大俗的交融。

相思泪：若无相欠，怎会相见

我是真的鬼，不是假的情

电影《倩女幽魂》的故事出于蒲松龄笔下的《聊斋志异》，其中聂小倩的可怜与宁采臣的钟情，通过当代演员张国荣和王祖贤的倾情演绎，成就了中国式"人鬼情未了"。然而最早的"倩女离魂"却不是从蒲松龄开始的，而是来源于唐朝陈玄祐的《离魂记》。后来元杂剧大家郑光祖辞官归隐，全身心投入戏剧创作，遂精心编排了这段故事，一部《迷青琐倩女离魂》的悲情戏就这样问世。

郑光祖的"倩女"并非聂小倩，也不是真的鬼，而是因情差点离魂死去的富家小姐张倩。张倩与秀才王文举从小指腹为婚。王文举不幸，父母早亡，家庭落魄，适婚年龄时到张家提亲，不料张母嫌弃王家无权无势，打算悔婚。为了让王文举知难而退，张母便借口说只要他中了进士，就将张倩许配给他。

张倩对情感格外忠贞，知道母亲有意为难，便在王文举赴京应试时来到柳亭与他告别，一面勉励，一面诉衷情。热恋中的人硬是被分开，个中滋味难解难纾。

【元和令】杯中酒和泪酌，心间事对伊道，似长亭折柳赠柔条。哥哥，你休有上梢没下梢。从今虚度可怜宵，奈离愁不了！

最是元曲销魂

【后庭花】我这里翠帘车先控着,他那里黄金镫懒去挑。我泪湿香罗袖,他鞭垂碧玉梢。望迢迢,恨堆满西风古道,想急煎煎人多情人去了,和青湛湛天有情天亦老。俺气氲氲喟然声不安交,助疏刺刺动羁怀风乱扫,滴扑簌簌界残妆粉泪抛,洒细蒙蒙浥香尘暮雨飘。

【柳叶儿】见渐零零满江干楼阁,我各剌剌坐车儿懒过溪桥,他矻蹬蹬马蹄儿倦上皇州道。我一望望伤怀抱,他一步步待回镳,早一程程水远山遥。

——郑光祖《迷青琐倩女离魂》第一折

这三段唱曲,便是张倩和王文举在亭中送别的情景。"元和令"一段单讲二人饮酒告别。和着泪饮一杯苦酒,张倩知道就算对王文举说尽千言万语,也不可能将他拉回身边,对方去赶考毕竟是为了自己,她所能做的只有折柳赠他,让他别把自己忘了。过去中举的人经常会忘了后堂妻,再娶一房妻室。张倩怕王文举也做负心人,再三叮咛他不要三心二意,不然她对母亲表示坚持不嫁别人就没了意义。

看着王文举的马渐行渐远,她也踏上了马车,但仍在掀帘眺望。"后庭花""柳叶儿"两段里便满含张倩告别之后的不舍情绪。望着古道迢迢,她在西风中垂泪,风过泪干,下一缕泪水又沾巾。俗话说,女人是水做的,泪水总是女人最好的武器,但这次张倩没有用泪水去挽留王文举,而是在后者离开许久才潸然泪下,其中的用心良苦青天可鉴。天若有情天亦老,本以为青湛湛的上天不会被自己感染,哪知回城的途中已经烟云弥漫,羁乱的风刮个不停,扫走了一地落叶。在呜咽的风雨声中,张倩更加控

相思泪：若无相欠，怎会相见

制不住自己的情绪，哭出声来，但她却不敢再望对方一眼，就怕自己的不舍让欲走的书生掉转马头，耽误了前程，那样两个人就再没有结缘的可能了。

男女别离，女人的离情总是比男子深重。"蛾眉能自惜，别离泪似倾"（贯云石《金字经》），女人们知道应该克制凄苦，珍惜自己，可到了执手临别的时候，往往难以自抑。等到夜半三更无人陪时，则更加愁不能寐，看天上明月一弯，更显清冷。张倩克制得了临别时的泪水，却无法遏止别后的相思。所以王文举离去不久，她便思念成疾。

《迷青琐倩女离魂》此后的三折戏，即是张倩因为相思而离魂、由离魂再到回魂的经过。一开始，张倩只是终日做着王生归来的梦，听到些许动静便趴到阳台上去看。错认了人之后独自伤悲，恨自己不应该在柳亭让王文举走。就这样在远浦孤鹜落霞，枯藤老树昏鸦中，听着长笛一曲，思念情郎，最后她病卧榻上，昏迷不醒。原来是魂魄不听人指挥，跟着王文举的脚步赴京赶考去了。

王文举还以为张倩真的追着自己来了，便高高兴兴地和她的魂魄在京城生活了三年，直到状元及第衣锦还乡，打算正式拜访岳母大人，便修书一封给张母。哪知道两人一回到家中，张母便狂奔出来说张倩是妖魅，自己的女儿则快要病死了。王文举闻言，大惊失色，拔剑就要杀了跟在自己身边三年的"人"。张倩一时凄苦，魂魄一下子回到了自己的卧房，看到自己的原身形销

最是元曲销魂

骨立,不成样子,不禁悲从中来。一时激动,魂魄瞬间又回到身体之内,整个人终于醒了过来。张倩与王文举的结局可想而知:二人厮守,皆大欢喜。

元人最喜欢把爱情和美的愿望放在他们所写的戏曲当中,然而这也恰恰成了他们在现实中身世不幸的最佳对比。

剧中越欢欣,戏外越痛苦。

情若是久长,别离也就没有那么痛;人生如果美满,悲欢离合不过是调剂品而已。由此可以看出,郑光祖在写倩女离魂时,最后的欢喜结局并不是他真实情绪的表露,反而是第一折的别愁,被郑光祖写得细腻处见真情。

钟嗣成在《录鬼簿》里记载,郑光祖是个生卒不详却有才情的人,与关汉卿、马致远、白朴齐名。他少年时习儒,后来做了杭州的小官吏,一直居于南方。因为性格刚直,与官场的人处不来,干脆半公半闲,与当地的伶人歌女为友。有时他看这些风尘中人身世可怜,便为其写剧以供他们赚钱,自己也能拿一些稿费混口饭吃。

他在《迷青琐倩女离魂》的剧中可怜张倩与王文举殊途之情,大概是看遍了伶人、歌妓们不能情有所终,便为他们虚构理想的爱情花园,也为自己寂寞的心找到一个可供栖息的秘密园地。这也是他从来不去触碰散曲和小令的原因,并不是他没有文采,而是因为散曲会暴露一个人的情绪,他怕说得越多越是伤心,所以只写剧本。然而,这并不代表他无心,反而是因为有心,他才写得出堪与《西厢记》媲美的《倩女离魂》。后人说他

相思泪：若无相欠，怎会相见

写剧本不为政治只为调剂生活，从不去揭露现实，可从张倩与王文举在柳亭惜别的情形，不难看出其中都是他对真实生活的种种感叹。

最是元曲销魂

一把相思豆,毒煞有情人

提到相思二字,人们最耳熟能详的一首诗,恐怕莫过于王维的《相思》。

> 红豆生南国,春来发几枝?
> 愿君多采撷,此物最相思。
> ——王维《相思》

红豆生长在暖意融融的南方,每到春天来临之时,它就会抽出一些新枝丫。等到红豆长成了,你就多采摘一些,这样的东西最能慰藉相思之情。

许多人误认为这种代表相思的红豆就是我们煮粥用的红豆,但这是不同的两种东西。诗中的红豆又名相思子,它比我们吃的那种赤红豆具有更加红艳的颜色、更加坚硬的质地,一般会拿来做一些小首饰,而不是直接作为食物食用,尤其是相思子还有毒。

关于相思子,还有一个很悲凉的传说。据说,有一家男子被抓了壮丁,他的妻子从此以后日日都在村口的树下眺望,期盼能够发现丈夫归来的身影,但是,终究只是徒劳。她日日等待,那人却没有再回来。因为等不到丈夫,她也日日都在树下哭泣,后

相思泪：若无相欠，怎会相见

来竟然哭出了两行血泪，最终在树下香消玉殒。谁曾想，女子死后，村口的那棵树竟然结出了一种红色荚果，因为它的颜色太像鲜血，同时，又有女子等待丈夫的事迹，人们便觉得那是女子的血泪浇灌而出，于是，便将其称为相思子。

在万千元曲当中，最会写少女怀春、日日相思的当属徐再思。他的名字是"徐再思"，即"再三思量"的意思，其曲内容也大多有"再三思量"的意蕴，不知是否机缘巧合。徐再思的恋情曲缠缠绵绵，用词和情感都能营造出回环往复的效果，这点并不是那些好以男性身份揣测女性心思的词曲作者能轻易做到的。

> 平生不会相思，才会相思，便害相思。身似浮云，心如飞絮，气若游丝。空一缕余香在此，盼千金游子何之。证候来时，正是何时？灯半昏时，月半明时。
>
> ——徐再思《蟾宫曲·春情》

许多散曲作家写男女相思，通常凭借外物来隐晦言明，关汉卿便是个中行家。而徐再思的《蟾宫曲》中句句都是"相思"二字，却丝毫不令人觉得啰唆。

徐再思的这首《蟾宫曲》，题名既然是"春情"，自然与相思、思春有关。看曲子表达的口吻，主人公应当是少女，因为徐再思在第一句就说了"平生不会相思，才会相思"，显然这是初恋情怀。

少女正值豆蔻年华、情窦初开之际，刚与爱人分别，便害起

相思病。思来想去，浑身无力，好像生了重病，眩晕得如置身云端，心如飞絮，气若游丝。仔细嗅那空气中的味道，似乎还有俏郎君身上的气息残留，可是他的身影却已不见，好想他快一点回来。可是他到远方云游去了，何时才能回来呢？盼着盼着，月儿半落，灯儿忽明，依旧不见俏郎君的身影，相思更加刻骨铭心。

人们常说，初恋的爱情是甜的，如同吃了蜜果、仙丹，一旦分开，思念就会愈演愈烈，令人长吁短叹。通常患上这种相思病都是在春天，所以才有"春情"一词。

徐再思笔下的少女，在春天幻想爱情幻想得厉害，无论欢喜与悲愁，总之最喜欢在春暖花开时凭栏倚望，盼望情郎归。那种苦中带点甜蜜，甜蜜里又渗透苦涩的心情，跟关汉卿笔下的思妇孑然不同。有时，仔细读徐再思的曲，就会有一种错觉，那些相思中的女孩似乎就是他的化身。

清代的褚人获在《坚瓠集·丁集》里留有徐再思的一段轶闻，说他曾在外漂泊十余年不归家，很可能在太湖一带游荡。徐再思是元代后期出了名的才子，虽然没当过大官，但是很多文人雅士都听过他的名字。如此出色的人，在外漂泊肯定与其际遇有关。长期的游荡生活，令他脆弱而柔软，易触景生情，因此他的文笔总是那样柔情如水，易于渗入人心，勾出同感。

相思有如少债的，每日相催逼。常挑着一担愁，准不了三分利，这本钱见他时才算得。

——徐再思《清江引·相思》

相思泪：若无相欠，怎会相见

此曲与上一曲一样，也是徐再思的相思名作。他把思念比作欠债，而且这债还不起，放情债的每天都来催逼。终日背负这沉重的愁苦，不知道什么时候能偿还完，也不知道该偿还多少，恐怕只有见了思念中的人时，才知道如何计算本钱与利息。

这曲《清江引》，简简单单几十字，不用典，不取巧，只用本色语言，以债务比喻相思。元代的高利贷在中国历史上是出了名的凶狠。如果思念好比高利贷般难还，可以想见此时人的心有多么痛苦。徐再思这一比喻实在是妙。关汉卿也曾把思念比作高利贷，却没有徐再思说得形象逼真。

相思，缠缠绵绵，是痛并快乐的，然而世上最毒的也是相思，思来想去，最终害的都是自己。多少戏剧大家所编纂的爱情剧目中，因相思而死的男女不在少数，是相思成就了他们永恒的悲剧。许多故事因为有了人的美好寄望，所以结局设定了男女走到一起，然而事实往往要残酷得多。

网上曾经流行过一首小诗，讲述男女情窦初开的时候，情人"就是那只轻盈飞舞的蜻蜓，旋落在我初露的尖角上，声声弹响我颤动的心弦"。然而分别之后，"那份渗入骨髓的相思，我将要用几生，才能把它拔除？"刻骨铭心的思念就像一根倒刺扎在心坎儿，恐怕用几生积蓄的力量都不足以承受拔出的痛苦。

很多人都非常喜欢相思豆，把它串成链子戴在手腕上，缠住情人的心。然而大部分人都不知道，相思豆是世间罕有的毒物，其毒性超过砒霜。若是不小心咬碎，它的汁可使人肠穿肚烂。古人之所以给这种豆子起名为"相思",其实并不是说相思可爱,而是说它害人不浅。

　　徐再思笔下的相思,虽没有明确地害人,其实可怕到甚至超过了元代最凶残的社会现象。相思不累人吗?看多少男女为它寻死觅活就知道了。然而,明知道相思会让人万劫不复,情感丰沛的人类,却仍旧不断地让自己去做它的祭品。

相思泪：若无相欠，怎会相见

人间自是有情痴

天下间，痴情女子多不胜数，容貌不定，性情不一，或端庄，或俏丽，或泼辣，或果敢。只不知，"情"之一字，到底是让她们潦倒结局还是终成眷属。

唐懿宗时期，洛阳城中有一美貌女子，名曰步非烟。此女虽然是个小家碧玉，家世普通，奈何容颜姣好，身姿曼妙，颇通诗才和乐器。后来，河南府功曹参军武公业见到了步非烟，对她一见倾心，将其娶进家门（一说为妻、一说为妾）。青春年少的步非烟心中爱慕的是那种俊俏且有才气的男子，而她的丈夫却是一介五大三粗的武将，并不符合她的心意。但是，她没得选择，也没有办法，正所谓父母之命，媒妁之言，她的婚姻大事由不得自己转圜。

于是，带着不甘和忧伤，她嫁给了武公业。她给武公业弹奏音乐，对方读不懂音乐中的悲伤；她和武公业聊诗词歌赋，他也不懂这些，只觉得咿咿呀呀听不明白。武公业是个大忙人，不能时常回家，步非烟虽因容貌受宠，但是也常常独守空闺。

在一次机缘巧合下，住在隔壁的书生赵象无意间看到了步非烟，霎时沉浸在步非烟的美貌之中。于是，他写诗传情，暗中勾引。步非烟觉得小郎君既俊俏又有才华，怦然心动。两人近在咫

最是元曲

尺地相对，遂暗通款曲。

两人也快活过一段时间。不过，一名因小事被步非烟鞭笞过的女奴，心里不忿，就将步非烟的事情告诉了武公业。后来，武公业暗下布置，想趁着那两人再见面的时机抓住奸夫，谁知让赵象跑了。武公业大怒，于是将步非烟绑上鞭笞，想问出那个男人是谁，步非烟死不松口，最后被武公业活活打死。

为了掩盖自己杀人的事实，武公业声称步非烟暴毙身亡。而那个步非烟至死维护的赵象，却独自远远逃开，跑去了江浙之地。一个美貌青春的女子，便成了一座荒郊野外的孤零零的坟墓。

若真有情，武公业不会长年累月地丢下步非烟一人独守空闺；若真有情，或许他发现了步非烟的出轨，的确让人恼怒不已，但是，也不至于将人活活打死；若真有情，更不会在事发后掩盖自己杀人的事实，只将步非烟葬在不起眼的地方。而赵象，一个贪图美色、胆小怕事、懦弱不堪的人，只想着美貌女子的温柔乡，却不想着这可能带来的惨烈后果，事发之后，一人逃开，且远离故地，终究是辜负了那个女子的一份情。两个薄情的男子，一个痴情的女儿。她因容貌吸引了两个男人，却因性情让自己堕入死地。其实，这两个男人爱的怕都是步非烟的脸，而不是她的心。这样的痴情，不免让人觉得不值。

曲人鲍天祐也曾经塑造过一个痴情女子的形象，此女在历史中确实有原型。她便是《王妙妙死哭秦少游》中的风尘女子妙妙，

相思泪：若无相欠，怎会相见

可谓情痴一个。

鲍天祐是元代的杂剧家，遗留下来的作品残本仅有本剧和《史鱼尸谏卫灵公》残本。

《王妙妙死哭秦少游》一剧主要是讲风尘女子王妙妙与秦观（字少游）的一段情缘。秦观死后，此女千里奔丧，最终为秦观殉情。女主人公妙妙在历史上确有其人，但只是个名不见经传的歌伎，在宋人的笔记小说里连她的名字都没有记载，所以鲍天祐特别为她起了名字。她是秦观一生所遇见的众多女人之一，与秦观真正的情人楼东玉和陶心儿相比，几乎不值一提，但她能在历史中留下一个小小身影，并为后人传诵，原因大概就在于她的痴情吧。

秦观是宋代的风流人物，乃苏门四学士之一，好诗文又多情。试想，能写出"两情若是久长时，又岂在朝朝暮暮"的男人，就算女人没有见过他，也会被他的才情所迷。他一生只有一个正妻徐文美，但秦观却不爱她，也许是父母之命、媒妁之言得来的妻子，他痛恨这段婚姻，也因此冷落了娇妻。所以秦观把词文献给了很多名妓，却从不肯对妻子稍加辞色。婚姻生活的不顺令秦观流连在外，写出了无数风流词作，亦迷倒了远近名伶。

身居长沙的名妓王妙妙与秦观素未谋面，却因他的词而对他倾心不已，在她心目中，秦观是个完美的神。她所唱的曲子均是秦观所作，长沙人皆知名妓妙妙的偶像是秦观。

不久，秦观被贬长沙，听闻此处有这样一个仰慕他的歌伎，便隐瞒身份接近妙妙，问她因为三两句词而爱上一个陌生男人，岂不太草率？万一秦观长得貌丑如猪，妙妙岂不是吃亏？妙妙却说，如果能见到秦观的真人，无论怎样，就算做他的妾侍，她亦心满意足。

如此情真令秦观不禁暗暗咋舌，遂表明了身份，与妙妙成为了无话不谈的知己，甚至赠词答谢她的情意。然而好景不长，秦观需要再次南下，不能携她同行，两人只有分别。在临走之前，秦观还写下"郴江幸自绕郴山，为谁流下潇湘去"的词给妙妙，言明归期不远，定会接她一起回乡。谁知此去一别千里，妙妙再闻秦观的讯息，二人已是天人永隔。

【甜水令】则见那闹闹烘烘，聒聒噪噪，道姓题名，围前围后。湿浸浸冷汗遍身流。哭哭啼啼，凄凄凉凉，不堪回首，愁和闷常在心头。

【折桂令】困腾腾高枕无忧，却和你梦里相逢，原来是神绕魂游。一灵儿杳杳冥冥，哀哀怨怨，荡荡悠悠。凄惶泪流了再流，思量心愁上添愁，空教我淹损双眸。折散了燕侣莺俦，至老风流，佳句难酬。觑了这一曲新词，便是他两句遗留。

——鲍天祐《王妙妙死哭秦少游》

那一晚，午夜惊梦，梦中到处是一片闹哄哄和哭声，然后是一幕骇人的景象，将妙妙吓醒。她在梦中似乎看到少游掀帘而进，来到她的榻边，只是轻抚她的脸庞，没有说话，泪流满面。

醒来的妙妙心中一阵哀怨，愁上添愁，暗道梦中的情景是不是有不好的寓意？难道是秦观的灵魂前来找自己道别吗？犹记得秦观临走时给自己赠诗的情景，可他一直未归，难道是出事了？

相思泪：若无相欠，怎会相见

这两段曲子是《王妙妙死哭秦少游》残本里的片段，主讲妙妙在秦观走后的忐忑情绪。她为了给秦观守节，闭门不待客，也不去秦楼楚馆唱曲，只为了等秦观归来带她远走他乡。可是她却做了这么不好的梦，一时间心绪不宁，便叫人出去打听秦观的下落。果然不出三日，去打听的人带来一纸自雷州寄出的书信，上面竟是秦少游死于归途的噩耗。

拿着报丧信的妙妙顿感万事皆休，所有希望化为灰烬，徒留自己为他喝上一杯痛煞人心的祭酒。她疯了一样地回到住处，收拾细软，披上了丧衣，千里迢迢奔赴秦观去世的旅馆，看到了秦观的灵柩停放在那里。她走上前趴在棺沿上，伸手抚摸心爱之人的尸身，围着棺木缓缓移动着脚步。不知过了几时，运送棺木的人叫她起身，准备合棺，她却突然失声痛哭，低吟"去意难留"，仰天倒地，竟没了气息。

所以才有人形容：一幕剧的结局，如果是同生便是喜剧，如果是同死便是圆满，如果一生一死，才叫真正的悲剧，因为那是天人永隔。王妙妙因爱秦观的才而爱其人，宁肯选择圆满亦不要分离，她当然值得后世赞赏，也难怪明代小说家冯梦龙称：千古女子爱才者，唯长沙歌伎王妙妙是一绝。

汤显祖曾言："情不知所起，一往而深。生者可以死，死可以生。生而不可与死，死而不可复生者，皆非情之至也。"爱情升华到了极致，生死的界限就会变得模糊。按中国人的说法，今生不能结缘，来生也要再续前缘，如果没有生死相随的意愿，便不能称为至情至圣。

最是元曲销魂

查无此爱

有人说,爱情是一种毒品,它令人欢喜到发狂,即使人世间最丑陋的事物,在情人的眼中也都变得诗情画意。如同一个乞丐披上了金装,乞讨的双手都变得无比纯洁,令人感动。可是,人对爱情成瘾到难以自拔时,往往也会对其痛恨到发狂的地步,此时即便最美丽的事物摆在眼前,他也会觉得一切都令人生厌。即便如此,大多数人还是会选择饮下这种毒品,在爱与痛的边缘徘徊,奉送了欢笑与青春,用泪水来偿还。

眼中花怎得接连枝,眉上锁新教配钥匙,描笔儿勾销了伤春事。闷葫芦绞断线儿,锦鸳鸯别对了个雄雌。野蜂儿难寻觅,蝎虎儿干害死,蚕蛹儿毕罢了相思。

——乔吉《水仙子·怨风情》

已经不止一位文人讲过"花本无情"的道理,但是许多人仍愿意用它来形容人的内心和妆容。乔吉便是如此。

美丽的花向来是赏心悦目的,但乔吉笔下的主人公情场失意,但见花开,丝毫不觉得花美,反而觉得花是虚幻,结不成他想要的连理枝。在这里,花化作了主人公情人的替身,既然花成虚幻,说明曲中人正处于失恋阶段。这个失恋人痛苦失意,愁眉

相思泪：若无相欠，怎会相见

不展，眉心如同上了深锁，找不到钥匙拆解，真想拿起笔来一笔勾销了伤心往事。

失恋，怎一个"愁"字了得，否则陆游再见唐琬的时候，也不会看着满城春色而发出"东风恶，欢情薄"的惆怅之语。如果失恋能够用笔将其勾销的话，人们也就不会总是为此伤心了。所以曲中人才纠结难疏，暗暗责怪老天怎么错点鸳鸯谱，导致"从此萧郎是路人"的后果。不过怨天怨地又如何，最后都以分手收场，自己还像点了守宫砂一样坚守着爱情，像春蚕吐尽丝般执着地爱着，到头来才发现那人原来爱的根本不是自己，实在太傻。

曲中"蝎虎儿干害死"指的是汉唐时期皇宫中流行的"守宫砂"，是宫女们为帝王守贞的标志。点守宫砂需用壁虎的尸身。过去人们称壁虎为"守宫"，用朱砂喂养它，就会使它变成红色。当壁虎食满七斤朱砂之后，将其血肉碾碎，点到女人的身上，可以终年不掉，直到女人失了贞洁方才消失。曲中人借壁虎朱砂的典故，便是想说自己太痴傻，为了一个不值得留恋的人而坚守爱情。

不过到最后，曲中人已经解开负心薄幸人给她的心结，这未尝不是好事，总强过《长门赋》中望眼欲穿的陈皇后，好过被思念弄至香消玉殒的唐琬，好过托尔斯泰笔下卧轨的安娜。这些女人都不能真正地忘情弃爱，所以悲伤难遏，或凋零，或自尽。

古时候，女人的命运似乎更像浮萍，总带着几分身不由己。这不禁让人想到了绿珠坠楼的故事。

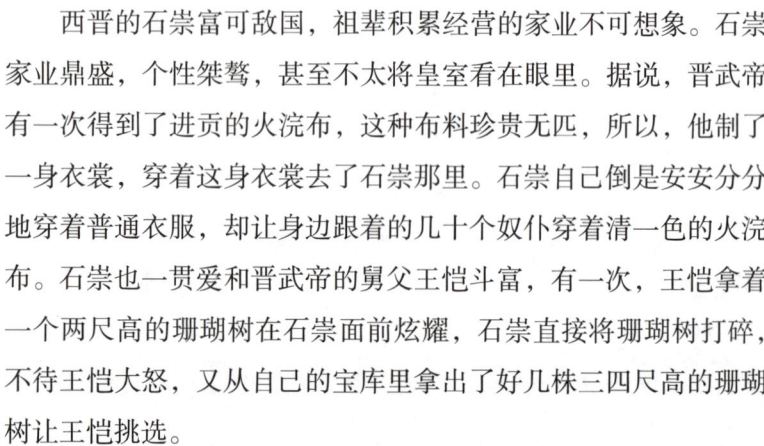

西晋的石崇富可敌国，祖辈积累经营的家业不可想象。石崇家业鼎盛，个性桀骜，甚至不太将皇室看在眼里。据说，晋武帝有一次得到了进贡的火浣布，这种布料珍贵无匹，所以，他制了一身衣裳，穿着这身衣裳去了石崇那里。石崇自己倒是安安分分地穿着普通衣服，却让身边跟着的几十个奴仆穿着清一色的火浣布。石崇也一贯爱和晋武帝的舅父王恺斗富，有一次，王恺拿着一个两尺高的珊瑚树在石崇面前炫耀，石崇直接将珊瑚树打碎，不待王恺大怒，又从自己的宝库里拿出了好几株三四尺高的珊瑚树让王恺挑选。

石崇最出名的是他建立了一个金谷园，园内设计奢侈无比，美貌婢妾成千上万，其中，石崇有一爱妾，名唤绿珠。绿珠相貌美艳，精通音律，身姿轻盈，性情柔婉。如此容貌，自然容易招人觊觎，孙秀就心中暗想绿珠，但是，当时石崇势力颇大，他也只能按捺。

后来，石崇式微，虽有万贯家财，但其依附的政治势力倒台了，之后还得罪了逐渐掌权的赵王的外甥。孙秀后来投靠了赵王，于是胆子大起来，明目张胆向石崇索要绿珠，石崇对着孙秀派来的人大骂，说那是我的爱妾，必然不能拱手相让。

赵王遂决定杀石崇。石崇对绿珠叹息，我这都是因为你而死。绿珠大哭，说了一声我不负你，愿意死在你面前，最后堕楼而亡。

其实，绿珠的这份情里，或许还有报恩之意。因为有一种说法是当初石崇救了绿珠母女。但是，还有一种说法是，绿珠是石

相思泪：若无相欠，怎会相见

崇用十斛珍珠换回来的，便有了后世"珍珠十斛买娉婷"一说。

石崇心里未必多爱重绿珠，可能在他看来，这个貌美侍妾不过如珍贵漂亮的花儿雀儿罢了。石崇自知死期将到，也不愿将好东西再与他人分享，宁玉碎不瓦全。所以他才假模假式地说什么我是因你而死。他哪里是因绿珠而死，他是因自己不懂得审时度势、不知道收敛低调才死，身有巨富而不知低调维护，他本身就有些傲慢煞性，杀的人也不在少数。绿珠不过是这场权力倾轧中的小小牺牲品，如同一朵娇艳的花儿被碾碎，如此而已。

绿珠的堕楼，或许是情义至此，或许是逼不得已，或许是无法选择。她还能怎么办？离开石崇，远走天涯，她又有什么谋生手段呢？若跟着孙秀走了，难免还是一个"玩意儿"的命运，青春之时尚且得宠，年老之后只能被弃一旁。只要是她活着，便得不到什么好名声，也走不了什么好运道，唯有一死，或许，还能成全了一个"义"字。后世人对她的评价，也的确如此。石崇护不了她，孙秀也并非良人，她的"不得已"，她的"情和爱"，又能向谁说呢？

爱情是个很复杂的东西，得之我幸，不得我命。

司马相如与卓文君，一个是众星捧月的才子，一个是养在深闺的佳人。他们的故事开始于司马相如作客卓家，在厅堂上见到了卓文君，一见钟情，遂弹奏一曲《凤求凰》："凤兮凤兮归故乡，遨游四海求其凰。时未遇兮无所将，何悟今夕兮升斯堂！有艳淑女在闺房，室迩人遐毒我肠。何缘交颈为鸳鸯，胡颉颃兮共翱翔！"在诗中包含了自己的大胆追求之语。

卓文君为他在爱情上的坦然和他的文采深深地着迷，暗中与司马相如来往，后来甚至携手私奔。卓文君与相如回到成都老家之后，看到相如家徒四壁，便回到自己的临邛老家开了酒肆，以卖酒养家。司马相如也亲自当起了店小二，二人毫不畏苦，过得美满至极。夫妻情深终于得到了卓父的认可。

然而相如在发达之后，自觉身份不凡，终日沉迷酒色，竟兴起纳妾的念头。直到卓文君送给他一首《白头吟》，低唱"愿得一心人，白头不相离"。相如见诗才恍然顿悟，心知不该风流，忘了昔日的情深，后悔不已，从此再不敢生异念，专心如一。

婚恋本就是你情我愿，能算得开始，亦算不出结局。如果真正互相倾慕，不必强求，不必刻意守贞，彼此也能心意相通，生死相随。杨过和小龙女对爱情坚贞的程度，令无数人咋舌。"十六年后，在此相见；夫妻情深，务失信约。"小龙女本以为必死无疑，希望用十六年的时间来使杨过情思转淡。可是十六年后杨过依然跳了深崖，欲与小龙女同葬一处。如果不是他这一跳，怎能与爱人重逢？倘若他不是如此深情，又怎么会再见爱人，原来冥冥之中自有机缘。

问世间，情是何物？直教生死相许。

众生相：一剪元朝的时光

最是元曲销魂

万丈风尘，写我沧桑

如果女人生得朗眉星目、面若桃花、体态轻盈、风柳腰身、盈盈跨步，一口一句"公子、官人"，一颦一笑间眼神妩媚，唱起歌来语娇声颤、字如贯珠，纵使此女不是天姿国色，也能叫人拜倒在她石榴裙下。别说男人抗拒不了，普通的女人恐怕也要甘拜下风。

过去，风尘女子风姿迷人并不是难事。但是，再光鲜亮丽的外表，也改变不了其身份尴尬的事实。委身风尘，总有许多见不得人的屈辱和伤心，在美人如玉的表象下，是多少个自伤的夜晚。曾有无名氏写过一段曲子，大骂鸨母"为几文口含钱做死的和人竞，动不动舍命亡生"，将鸨母的丑态凸现出来。

中国几千年的老传统，死人埋葬前要在口里放个铜钱，意思是封口钱，叫化为鬼魂的死人不要上来念叨活人。便是这种死人钱，鸨母也要拿到，她们才不管人的死活，只要是钱，就要撒泼、滚地地抢过来。鸨母们拉着丑恶的嘴脸逼良为娼，恶毒至极，从不顾人死活。即便不是所有鸨母都如此贪婪狠毒，但大多数都是为了赚钱不惜一切代价。虽然这些鸨母几乎都曾是风尘女子，她们却对从事同行业的可怜女子丝毫没有同情心，人性的可悲之处也在此。

众生相：一剪元朝的时光

许多风尘女子为了逃脱声色犬马的生活，为摆脱贫贱苦苦挣扎，拼命学艺以提高身价，希望能被懂得怜香惜玉的人赎身从良。对她们来说，如能觅得良缘，便是天大幸运。关汉卿就曾写过一部《赵盼儿风月救风尘》的戏，讲的便是风尘女子为命运挣扎的故事。

赵盼儿是关汉卿杜撰的一代名妓，是现实世界当中风尘女子的代表。剧中的她，有着风月女子的共性，年轻时对爱情有所向往，年长时才知道人间缺乏真爱。但她仍怜悯那些与她遭际相同的女子，希望帮她们找到真爱。

少女时期的赵盼儿貌如桃花、聪颖异常、天真烂漫，在心中勾勒过梦中情人的样子，想着和他携手畅游江南，在波光潋滟的西湖上荡舟对赋，过上惬意美满的生活。这是每个风尘女子的共同愿望。然而时光匆匆而逝，赵盼儿才知飞上枝头是不可能的，找个理想男人嫁掉则更是做梦。

十年风尘生活，让她深知自己一厢情愿，说出了肺腑之言："待嫁一个老实的，又怕尽世儿难成对；待嫁一个聪俊的，又怕半路里轻抛弃。"这是风尘女子内心的最大矛盾，现实不由得她不清醒。因此当她看到了同行的小妹宋引章抛弃了好心的穷书生安秀实，打算嫁给浪荡子弟周舍时，出面坚决反对。

【胜葫芦】你道这子弟情肠甜似蜜，但娶到他家里，多无半载周年相弃掷，早努牙突嘴，拳椎脚踢，打的你哭啼啼。

最是元曲销魂

【幺篇】恁时节"船到江心补漏迟",烦恼怨他谁?事要前思免后悔。我也劝你不得,有朝一日,准备着搭救你块望夫石。

——关汉卿《赵盼儿风月救风尘》第一折

这两段唱词是赵盼儿奉劝宋引章的话,阅人无数的她,对什么样的男子是好男儿,一眼就可以看出。周舍善于甜言蜜语,家里又是富贵人家,但并不等于他是好人。宋引章还是个小女儿家,贪图周舍的俊俏嘴脸,又觉得他比书生安秀实更能让自己过得殷实,便毁了与安秀才之间情定三生的约定。但赵盼儿却看出了个中的凶险。她断言周舍"酒肉场中三十载,花星整照二十年",意思就是说周舍一肚子花花肠子,根本不是个值得托付终身的男子。如果宋引章跟了他,难保不会变成一颗望夫石。

但是,在赵盼儿苦劝之下,宋引章还是执意要嫁给周舍,盼儿无奈,预言引章必会经常遭受打骂,被丈夫冷落。因为官宦子弟大多都把漂亮妓子当作玩物,根本不可能把她们当人看。然而,宋引章贪图一时之快,硬是跟了周舍回其老家郑州。结果事情正如盼儿所料,宋引章婚后备受周舍的凌辱与折磨,只有写信向盼儿求救。

盼儿闻讯心焦,立刻前往郑州搭救宋引章。她有一副好嗓音,又是场面人,很快在当地妓院中成为名角。她私下对宋引章说:"我着这粉脸儿搭救你女骷髅,割舍的一不做二不休,拼了个由他咒也波咒。"她嘴上埋怨宋小妹单纯,不听自己的话,真想就这样抛下她不管,但她是刀子嘴豆腐心,还是决定要救宋引章出火坑。

众生相:一剪元朝的时光

几日之后,色鬼周舍听说郑州来了一位名妓,立刻前去一览风采。那名妓自然就是盼儿了。在盼儿的有意接近下,周舍终于上钩,盼儿遂软磨硬泡地让周舍写休妻书。

周舍架不住美人的央求,迷迷糊糊地就把休书写了。拿到休书的宋引章终于得以逃出生天,而赵盼儿也迅速收拾行李离开郑州。周舍这才发现自己中计了,连忙上官府告状,扬言有人拐骗他的妻子。哪知,此时的安秀才也到了郑州官府,说周舍勾引自己的爱妻。两方对峙之下,周舍当然理亏,被官府痛打一顿,还被剥夺财产,成了穷光蛋。安秀才自然是平安抱得美人归。

赵盼儿得知小姐妹终于苦尽甘来,欣喜不已,她也豁然开朗。人生在世,到死黄土一抔,她要不得功名的墓碑,因为她是个女人,也要不得贞节牌坊,因为她是个妓子。所谓"夫人有夫人的福分,奴婢是奴婢的命,奴婢怎能做得了夫人"。不过尽管地位不高,她依然希望能为自己的生活搏一搏,即便自己搏不出一片天,至少为同是天涯沦落人的姐妹讨个好生活。正是赵盼儿的坚韧、聪敏和义气,使她这个角色成为剧坛上最鲜明的女性人物之一。

历朝历代,风尘女子一直是下等职业,出卖身体来换取钱财,为普通人家和官宦人家的女人所不耻,男人也看不起她们。宋代有个叫沈君章的士子,常去妓馆寻欢作乐,一天在妓馆留宿时偶感风寒,两腿特别疼痛,他的母亲为他按摩说:儿子读书良苦,半夜学习时少了炭薪,这才冻坏的。沈君章听到这话,直觉太不好意思,发誓以后再也不去那些风尘之地了。沈君章把自身的伤痛怪罪到风尘女子身上，足见他并不是一个君子和伟丈夫。如果不是为生活所迫，没有女人甘愿做这种行当，滑铁卢桥上的马拉、巴黎名妓玛格丽特，哪一个不是因为有苦衷才投身风月。如果男人都能对爱情忠贞，亦不会有那么多的可怜女子堕落风尘。如果男人们不想着享乐和逢场作戏，女人也不会变为玩物。为什么男人一定要把自己的过错推到女子身上呢？

关汉卿写下《赵盼儿风月救风尘》，原因在于他同很多名妓相交至深，对她们的遭遇深表同情，亦希望她们能坚强地为命运拼搏。一个人的玉骨风姿的气质，不是与生俱来，而是后天培养出来的。虽然那些女子遭受了诸多不平待遇，只要她肯抬头挺胸，以才艺气节来应对世人，一样会得到尊重，一样会出淤泥而不染。不仅如此，她们还会成为一道装点时代的风景。

众生相：一剪元朝的时光

茶味的初相

唐代陆羽在《茶经》中讲道："茶之为饮，发乎神农氏。"也就是说，中国饮茶起源于神农。神农是华夏农业的祖，他在山中历尽千辛万苦，尝尽百草，终于得知哪些植物可以食用，哪些可以治病。据闻一次他在野外以釜煮水时，刚好有几片叶子飘进锅中，煮好的水色微黄，入口甘甜止渴、提神醒脑，神农便把此草称之为"茶"。从此，饮茶便成了中国人的习惯。

暮春之初，流火盛暑，寒冬腊月，无论哪一个时节，爱好雅致生活的人们总喜欢呼朋唤友，于亭中、竹楼、内室列座饮茶，聆听各种轶事。而有关咏茶的诗文在历代当中均产生过许多，尤以宋、金两代为甚。

到了元代，饮茶成为一种较常见的休闲活动，曲人李德载写过十首有关茶的小令。

这十首咏茶曲，在言语的修饰上没有华丽辞藻，反而充满返璞归真的天然之美，比宋、金两代颇显雕琢的茶词更加耐读有味。

茶烟一缕轻轻扬，搅动兰膏四座香。烹煎妙手赛维扬。非是谎，下马试来尝。

最是元曲销魂

蒙山顶上春光早,扬子江心水味高。陶家学士更风骚。应笑倒,销金帐饮羊羔。

金芽嫩采枝头露,雪乳香浮塞上酥。我家奇品世间无。君听取,声价彻皇都。

——李德载《阳春曲·赠茶肆》

这三首曲子,均是李德载在茶肆里跟人聊天时所写。他生活在元仁宗年间,仁宗对朱熹"理学"非常感兴趣,不但恢复之前废弃的科举,而且极力推崇汉人入朝,是元代汉人生活最轻松的阶段,此前此后再也没有这样的"明治"。李德载幸运地生活在那个年代,这可能也是他有心情写茶令的原因。另外,元代饮茶是一种普遍的休闲生活,元大都"茶楼酒馆照晨光,京邑舟车会万方"的情景随处可见。种茶可以谋利得财,喝茶可以神清气爽。上到王公贵族,下到贩夫走卒,对于所有人来说,茶都成为了生活中不可缺之物。

既然茶离不开元人的生活,有李德载这样专好为茶写曲的人当然不稀奇。从这三首曲子可以看出,李德载当时的心情散漫而舒适,品茶成了他生活必不可少的一部分。

第一首《阳春曲》所讲的是李德载烹茶的过程。一缕茶烟升腾,搅动了人的视线,茶烟的后面是空蒙缥缈的山色,令人目眩。李德载烹茶所用的兰脂香膏燃烧时所产生的香气,通常会引人进入平和宁静的状态。所以人们经常说烹茶可以养生,也有这

众生相:一剪元朝的时光

个原因。李德载自认烹茶很有一手,比起扬州煎茶第一人陆羽并不差,如有过路人不信,可以下马亲自来品尝他的手艺。

"烹煎妙手赛维扬"一句中,所含的典故便是扬州陆羽善煎茶法。"维扬"二字是扬州的另一种称谓。相传陆羽是中国煎茶法的创始人,人们一直沿用着他的煎茶法。在元代,"煎茶""点茶"有很多说法,"点茶"即是用沸水泡茶叶,而"煎茶"自然就是水茶同煮,即是由陆羽发明改进而来。李德载在这里自诩比陆羽有过之而无不及,颇有点自傲模样。不过,他在路边煎茶,倒也不是为了显摆自己的茶道,而是想与路边的人结交,多聆听一些江湖故事罢了。

在有人坐下饮茶之后,李德载继续说自己的茶、水之妙,究竟妙在何处,第二首《阳春曲》的前两句便已道出。

原来他的茶水之妙在于,茶为四川著名的蒙顶茶,水为江苏镇江金山西的泠泉水。据说蒙顶茶奇香无比,在唐代就享有盛名,许多诗人在文中都曾提到;而"扬子江心水"指的是位于扬子江滩涂上,素有"天下第一泉"之称的金山泠泉。好茶好水煮出来的香茶一壶,抱着此茶的李德载,认为自己比陶公还要独领风骚,真是比在那销金帐内享受荣华富贵、吃尽山珍海味要舒适自在得多。

从煮茶到饮茶,这只是李德载享受的过程,他更要去亲自体会采茶的乐趣。是以在第三曲中,写下了李德载亲自登山采茶和卖茶的过程。

清晨早起,李德载去山中,将尚带甘露的嫩茶尖从枝头摘下,配以牛奶,煮出绝顶美味的奶茶。李德载称此等极品奶茶,

最是元曲销魂

天下间只有他这一家。虽然很多人不相信他的奶茶品相极高,但不能否认的是,他的茶声价倍涨,甚至连皇族都争相订购。

这三曲咏茶曲,有李德载的自夸在其中,同时他也是在为茶肆大做广告:茶既养生润性,茶道也是一种有趣的活动。

喝茶有三大要点:茶叶、茶水、茶器。

就茶叶来说,是指茶树的叶子和嫩芽。以季节分,有春茶、夏茶、秋茶、冬茶。中国六大茶系分别是绿茶、红茶、白茶、黑茶、黄茶、青茶。绿茶一般不用发酵,只走杀青、整形、烘干等工艺,茶汤和干茶是绿色,绿茶在中国的产量最大,大众喝得也比较普遍。红茶一般要经过萎凋、揉捻(切)、发酵、干燥等工序,茶汤和干茶是红色,世界上最早的红茶是中国的正山小种。白茶是只经过晒干或者文火干燥、微发酵工序的茶,因为加工过程比较简单,所以,基本能够保持茶叶的原汁原味。黑茶一般要经过杀青、揉捻、渥堆和干燥,这种茶存放时间越长,味道越浓郁。黄茶和绿茶的加工工艺有些相似,属于轻发酵,但是多了一道闷黄的工艺,黄茶的特点是黄汤黄叶。青茶,也就是乌龙茶,走的是杀青、萎凋、摇青、半发酵、烘焙等工序,既有绿茶的味道,也有红茶的口感。

烹茶的水也有讲究。古人说,茶是水的神,水是茶的体。还有一种说法是,八分的茶,十分的水,茶水就是十分,十分的茶,八分的水,茶水就是八分。古人烹茶贯爱软水,这种水水质轻,自然界中的软水就有雪水和雨水。《红楼梦》中对于吃茶就

众生相：一剪元朝的时光

很讲究，比如，有一回，贾母、宝玉、黛玉、宝钗一行人来到妙玉处，妙玉给贾母端上了一杯老君茶，用的就是旧年的雨水；后来，她给黛玉等人喝的是五年前梅花上收的雪。

喝茶可以是一件十分日常的事情，一个粗陶大碗，抓上一把茶叶，煮上一锅，匆匆舀来，分送给劳作中的人，在夏日树荫下一口痛饮，也是十分惬意快活。喝茶可以很平民，很亲切，不用拘泥于太多形式主义。还有一部分人，喝茶时十分注重过程仪式，此时的喝茶便是一种礼仪，一项表演，甚至有了茶艺表演的发展。茶器，在烹茶、喝茶的过程中就扮演了重要角色。整个过程十分复杂而讲究，陆羽在《茶经》中就有"二十四器"的说法。喝茶常用茶杯、茶碗，清代的时候，有一种比较雅致的茶碗，被叫作"三才碗"，由上至下分别有盖、碗、托，分别象征着天、人、地。

可知，茶之一途和中国文化有着千丝万缕的联系。

采茶、烹茶、饮茶皆要求人们守静。摘要摘得用心，煎要掌握最佳火候和时辰，饮要一洗二三饮，闻茶再品香。人在此刻宁心静气。非但如此，与人对饮，可消泯彼此戾气，情意缓缓流动，兴致徐徐舒张，思想可驰古今，与前人同梦携手。茶既然能产生各种宁心静气、调养身心的效果，无怪李德载对茶肆如此钟情痴迷，并且力图给饮茶文化大做广告。

一杯清茶饮尽，唯余袅袅清香，看大雁南飞、寒鸦滴露，折煞了三千喧嚣世界，心中一片淡泊，物我两同。李德载饮茶，力图于茫茫尘世中寻得刹那清闲，享受片刻属于心灵的宁静。

最是元曲销魂

几分道情,几分机心

金庸先生在《射雕英雄传》末尾曾写过一段丘处机与成吉思汗相识相知的逸闻。正史中关于元世祖与丘处机相交的内容虽然提及不多,但在医药史上有关两人的交集却非常多。

长春子丘处机本是宋末的道士和养生家,乃全真教"北七真"之一。在金老先生笔下他不但武功厉害,为人也甚为刚直,但事实上他最擅长的不是打架而是修道养生。成吉思汗人到中年,思及江山未定,很怕衰老死去,也觊觎道教能锤炼不老仙丹,听说中原道士丘处机法术超人,便在西域雪山召见了他。

"世上是否真有长生不老之药?"成吉思汗殷切地问出心中隐藏很久的问题。丘处机微笑摇头:"有养生的法门,却无长生仙丹。勤政爱民才是敬天之本,清心寡欲才是长生之药。"

丘处机的回答非常玄奥,也很明白地说出真正的道学是养生修心,而并非修炼成仙或长生不死。成吉思汗对他的话非常信服,特别为丘处机在大都建了白云观,至此道家在元朝的地位便非同寻常。

长春子的"道"是坦然而诚恳的,也是真正的修养之本。但是,由于统治者扶持道教的目的渐渐变得不单纯(元朝开国之初的宗教政策格外宽容,忽必烈甚为推崇张天师道人一脉,武当山

众生相：一剪元朝的时光

道教更是元王朝皇帝们捧在掌心的圣地），他们为了麻痹百姓而令道教大肆繁衍，使整个元王朝兴起了非纯粹的道学之风。这时候，许多人爱"道"就爱得存在误解了。例如一些元人痴迷"炼金术"，这种"炼金"法虽没有丝毫科学依据，却叫无数人倾家荡产。

不过，道学最大的影响还在于令很多人力图忘尘弃爱，进入山林田野寻找修仙的方法。特别是大批士人因为仕途不得志，宁愿相信摸不着边际的求仙之路。这个结果虽然不能说是完全负面，但在这种世风的影响下，直接导致元文学处处存在"道情"，许多文学作品虽然读来舒适，却内涵不足。

【齐天乐】人生底事辛苦，枉被儒冠误。读书，图，驷马高车，但沾着者也之乎。区区，牢落江湖，奔走在仕途。半纸虚名，十载功夫。人传《梁甫吟》，自献《长门赋》，谁三顾茅庐？【红衫儿】白鹭洲边住，黄鹤矶头去。唤奚奴，鲙鲈鱼，何必谋诸妇？酒葫芦，醉模糊，也有安排我处。

——张可久《齐天乐过红衫儿·道情》

张可久的这曲《齐天乐过红衫儿·道情》是读书人对功名彻底失望之后而作，几乎可以说是古往今来大部分文人的真实心声。人生一世，为谁辛苦为谁忙，埋头苦读，图高车驷马、名声利禄，为半纸虚名忙忙活活几十年，到头来朱门未得，反而落得一身骚。于是张可久在曲中暗怪：为什么自己不能像写下《梁甫吟》的诸葛亮和写下《长门赋》的司马相如一样遇到明主？纵有一身才气又如何呢？看来只能逃脱现实，找个白鹭洲、黄鹤矶那样的好地方，纵情诗酒，总会有个能容纳自己的地方。

明珠暗投是自诩治世之才的悲哀。张可久悲愤不已，一肚子牢骚，却挣脱不了现状，他只好自我安慰，决定去隐居。曲子里充满了消极厌世的想法，也暗含道家遁世的虚无思想。

张可久是因不能在尘俗里找到出路才去追求道家的世外生活，他的"道情"实在充满了太多"机心"，比起单纯想去访问仙人的一些人，他的"道情"还是太不单纯了。

一个空皮囊包裹着千重气，一个干骷髅顶戴着十分罪。为儿女使尽些拖刀计，为家私费尽些担山力。您省得也么哥？您省得也么哥？这一个长生道理何人会？

——邓玉宾《叨叨令·道情》

这是邓玉宾所写的《叨叨令·道情》。他与张可久同写道情，张可久的还带有俗世的气息，邓玉宾的这首就完全是一首"道情曲"。

邓玉宾生在元世祖至元文宗年间，做官不久便突然去修道，曾言"不如将万古烟霞赴一簪，俯仰无惭"。在他看来，宁肯头插一根木簪，也比做官来得轻松，起码无愧于天地。足见元文人大多都觉得做官实在愧对自己，也愧对他人，因为做官的人常常手持官印却毫无作为，不能为穷苦百姓做事。

在这曲《叨叨令》中，玉宾显露的"道心"高于张可久，他

众生相：一剪元朝的时光

对"道"的理解更深一重。邓玉宾在曲中笑称人身不过一副空皮囊、干骷髅，其实他的这句话表明了他在求道一途上已经达到一定境界，将自己的躯体看作是身外之物。

"皮囊"本是佛教用语，指的是人的躯壳。佛家认为，潜心修炼到涅槃境界者可以抛却躯体，灵魂不灭。道家借"皮囊"一说，认为人的躯壳内是千重"元气"，就像灵魂一样的东西。要保住元气，就必须清心寡欲，以免泄了真元。至于曲中"干骷髅顶戴着十分罪"的说法，则大有来头。

《庄子·至乐》里有载：庄子路遇一副骷髅，问旁人这骷髅的主人是因战乱亡国还是被诛杀至死？还是因为行为不端，给父母子女带来忧患而自尽？又或者是冻死饿死？又或是寿终正寝？旁人皆不清楚。晚上庄子睡觉时，骷髅的主人托梦给他说："你说的都是人间种种困难和罪孽，只有一死才能解脱。"庄子故事里所讲述的苦难，便是人这副皮骨一生都摆脱不了的罪。

邓玉宾用这两个典故，是要告诉世人：人的破皮囊和干骷髅，如果清静无为就能保存元气得以长生，若背负种种罪孽就会生不如死。种种罪孽来源于何处？便是为子女使尽心力，不惜蝇营狗苟；为家庭拼命攒钱，不惜做下诸多丑恶勾当。邓玉宾觉得这些事情会使人丧失自我，所以他奉劝世人"您省得也么哥"，要想真正地长命百岁、安康幸福，一定要戒贪欲，戒奢望。

从邓玉宾的曲中，人们能够找到丘处机奉劝成吉思汗的影子。丘处机劝成吉思汗去私寡欲，与邓玉宾奉劝世人的意思是相通的。

因此,张可久的曲子里就是因为缺少邓玉宾之曲的"戒贪戒奢",所以张可久的文章才有牢骚之嫌,而邓玉宾却有闲云野鹤之趣。

"道情"对不同人有着不同的意义,虽然邓玉宾的"道情"已经超脱,但他与张可久一样,仍有对人生不满的"心魔"。他们不可能像庄子一样抛开一切"机心"和虚荣,任人"一以己为马,一以己为牛"。被人说成是畜生,庄子可以不在乎,可是换做几千年来的文人墨客,能忍受辱骂的人能有多少?这就注定张可久和邓玉宾不能做到毫无"心魔",而盛行于元代的道教也不过是士人寻求解脱的契机。

众生相：一剪元朝的时光

红颜何曾是祸水

美女的概念目前为止还没有人能把它完全诠释清楚，总之如果你在路上看到一个女人，她的漂亮程度足以让你忽略眼前的任何事物，那么她就算是绝色美女了。自古爱美之心人皆有之，形容美女的诗词也不在少数。曹植《洛神赋》中"翩若惊鸿，婉若游龙""皎若太阳升朝霞""灼若芙蕖出渌波"等数十句铺排，在形容美女的语言中堪称桂冠。

红馥馥的脸衬霞，黑髭髭的鬓堆鸦。料应他，必是个中人，打扮的堪描画。颤巍巍的插着翠花，宽绰绰的穿着轻纱。兀的不风韵煞人也嗏。是谁家，我不住了偷睛儿抹。

——张可久《锦橙梅》

张可久所写这曲《锦橙梅》中的女子，虽然没有曹植的"洛神"那样令人惊叹，但楚楚动人的模样依然让张可久甘愿丢了魂魄。这位美人面如桃花，鬓如漆鸦，容光焕发的模样令人想起《诗经·卫风·硕人》里那段形容女子的话："手如柔荑，肤如凝脂，领如蝤蛴，齿如瓠犀，螓首蛾眉。巧笑倩兮，美目盼兮。"

通常来说，女子的手、脖颈、齿鼻、眉目、笑容、肌肤都是容易被人注意的地方，哪一处有缺憾，都会破坏整体的美感。张可久所遇到的美女，对镜描妆，美艳动人，身着轻纱、头戴珠花，一举一动都媚态十足，在张可久的心目中无人可比。在美女面前，张可久暴露了男儿痴状，这让他感到很不好意思，暗怪自己为什么不停地偷看人家，弄得自己好像登徒子一般。

除了张可久写遇美曲外，很多曲人也写过遇美记，那些形容名妓、名伶的暂时不算，写民间美女的人不在少数。

元朝末年，张鸣善担任淮东道宣慰司令史时，路遇一个美貌女子，对其喜爱不已，但他只是远观，并没有主动结识这女子，去沾一段露水姻缘。这位美女使他终生铭记在心，张鸣善特意为她赋曲《普天乐·遇美》。

海棠娇，梨花嫩。春妆成美脸，玉捻就精神。柳眉颦翡翠弯，香脸腻胭脂晕。款步香尘双鸳印，立东风一朵巫云。奄的转身，吸的便哂，森的销魂。

——张鸣善《普天乐·遇美》

曲中女子有海棠、梨花般的面容，冰肌玉骨的身体，巫山缥缈的长发，这种美态并非人间应有。她颦笑转身踏步、举手投足探身，无不叫张鸣善心驰神迷、陶醉其中。她有"硕人"的美貌，罗敷的风姿，堪比历朝美女，她临走时送出的"秋波"，欲夺张鸣善的魂魄。张鸣善久久地凝视着美人的背影，即便美人早已消失不见，他依然站在斜阳下，不肯离去。

张可久、张鸣善均是儒雅之辈，但他们在见到美人时也都成

众生相：一剪元朝的时光

了俗人，人好美物，情有可原。有些人，爱美之心十分克制，只会远观而不会亵玩；有些人，为美人一笑倾尽家财甚至倾国倾城，一句"红颜祸水"又强行扣在了美女的头上，将她们丢入了道德的深坑。生得貌美便要遭受千人所指、万人唾骂。从妲己、褒姒、妹喜、西施，到赵飞燕、杨玉环、陈圆圆等，每每国家败亡，世人不怪时代的错误、统治者的败坏，却要把千古罪名推到一个连自身命运或许都无法掌控的女人身上，可笑之至。其实，在男权社会里，一个女子又能有多大手段翻云覆雨呢？有几个女子拥有吕雉、武曌的权能？又有几人如花木兰一般能够行军打仗呢？好时，便是才子佳人的动情故事；不好时，便一桶脏水泼到女子头上，其实，在那样的环境和现实下，又有几个女子有本事和能耐捅破了天？

美女不一定祸国，她们有的为国牺牲自己，有的被赐死，命运各异，悲喜交杂，令人欷歔。昭君为国出塞和亲，终生未得归家，独留青冢向黄昏。曹植心中的洛神，有人说她是乃兄曹丕的皇后甄宓。甄宓容姿卓越，多才多艺，助曹丕治国，后被曹丕赐死，一代佳人香消玉殒。若一味觉得美人祸国殃民，那么丑人就一定贤德贞静？不一定。例如，晋惠帝司马衷的皇后贾南风，相貌奇丑无比。根据史书记载，她身材矮小，面目黑青，鼻孔朝上，嘴唇地包天，眉上有块大胎记。贾南风善妒成疯、滥杀无辜、诛灭异己，她的干政直接导致了"八王之乱"，使西晋"宗室日衰"，中土彻底分裂。如不是名门之女，提前许配给了司马衷，谁会想娶她？如果不是考虑到前朝废后的后果，司马衷又怎么会一辈子活在这个女人的阴影下。

其实,女子是否为祸患,无关美丑,而在于其心善恶,还有她扮演的社会角色。历史上有的是德行双修的无颜女,齐宣王之妻钟无艳、梁鸿的老婆孟光、诸葛亮之妻黄氏。这些女子虽相貌不济,却个个德才兼备,谁不道一声"巾帼不让须眉"?

所以,若干红颜活得无辜又无奈,她们沦为男人的玩物,有些男人在无能的时候就要怪她们是祸水。有些男人甚至明知"倾城与倾国",却道"佳人难再得",宁可亡于牡丹花下。这两类男子,怎能称得上大丈夫?

"红颜非祸水,贱妾亦可惜。千忧惹是非,皆因尘俗起。"有文人为女子鸣不平,写下了这首诗,目的也许就是扳倒历史僵论。美丽女子沦为祸国"魁首",这是尘俗给她们硬套上的枷锁。难道就因为她们的美貌,罪孽就大到足以把一个城市、一个国家葬送吗?倾国倾城,皆是男人们把自己的过错推在了女子的身上,这一点很可笑。

男人如果真正爱一个女人、欣赏一个女人,并且得到她的青睐,那么就该去珍惜她。如果男人们得不到,像是张可久、张鸣善的远观行为亦不失君子风范,因为他们懂得尊重女子。只有真诚的喜悦,才与美感同在,责怪女人是"祸水"的,是因为那些人不知道什么叫真正的美。

众生相：一剪元朝的时光

生有不同，死无异类

古代社会把人分三六九等，这些似乎是世人的共识，到现在还流行着"下九流"一词，虽然跟千年前意思大不相同，仍带有强烈的贬义。过去人们按照职业把人划分成"三教九流"。"三教"自然是儒、释、道，而"九流"的说法可以在当时流行的一个顺口溜中窥得一二。

"上九流"指：一流佛祖二流天（玉皇大帝），三流皇上四流官，五流阁老（重臣）六宰相，七进八举九解元（乡试第一名）。"中九流"指：一流秀才二流医，三流丹青四流皮（皮影），五流弹唱六流卜（卜卦），七僧八道九棋琴。而"下九流"包含的大多是社会最底层人士，可以称其为古代第三产业：一流高台（唱戏）二流吹（乐师），三流马戏四流推（剃头），五流池子（北方澡堂子）六搓背，七修（修脚）八配（给家畜配种）九娼妓。

劳动者自食其力，比上九流和中九流付出的代价不知多上多少倍，却沦为最被看不起的阶层，这就是时代的怪圈。有些下九流人的精神甚至比上九流要高尚得多，然而在元代能够看清这些现实的人为数很少。

有钱，有权，把断风流选。朝来街子几人传，书记还平善。兔

最是元曲销魂

走如梭,鸟飞如箭,早秋霜两鬓边。暮年,可怜,乞食在歌姬院。

——刘时中《朝天子》

端看上面这曲《朝天子》,辛辣讽刺,内容揭露社会的黑暗,想必作者刘时中该是个愤世嫉俗的汉子,然而事实上他本人温文尔雅,性格谦逊,此曲风格与本人性格相差很大。此曲作成于湖上,是刘时中与友人野外郊游所作。大凡文人郊游时所写的文章,多以咏物为主,以喻心情。而他这篇文章偏偏充满了愤怒和驳斥,实在有趣得很。

史载,刘时中与文子方、邓永年等几个友人同游洞庭湖、凤凰台等地时,曾写下大量以《朝天子》为曲牌的小令,江南风情、小桥流水、人情冷暖、物是人非,这些在他的小令中如冰凉溪水沁入人心,言语清新脱俗却不离现实。然而唯独此曲是大骂纨绔子弟,令儒雅的刘时中有口不择言之嫌。

曲中写的是个家中有权有势的得意少年,总是摆出一副自以为是的模样到花街柳巷去狎妓风流,把各地青楼名妓的牌子全部采摘个遍。每天晚上,妓馆门前都有少年的保镖在那里巡视,记录少年的留宿地,报给少年的家人,让家人确定他平安无事。

相传当年杜牧在淮南节度使牛僧孺的幕府当掌书记时,每天晚上都到娼妓那里留宿,牛僧孺便派了几个巡夜的跟着他,在妓馆外面防止他遭政敌暗算。这少年有杜牧当时的几分风流,却没有杜牧的才气,加之家里的放纵,导致他变得不学无术,蹉跎了最好的时光,结果变成败家子,到老了家中一贫如洗时什么都不

众生相:一剪元朝的时光

会做,只能回到当年自己逛的妓院门前讨饭。

有人说,人不风流枉少年,然而风流少年却枉然。刘时中大概是在泛舟时听了某位朋友吹嘘经历的风流韵事,一时间看不过去,便写了此曲,暗讽一些纨绔子弟。

芸芸众生,富贵贫贱之人有许多。人们想要从下九流变成上九流难于登天,然而从上九流沦为下九流却非常容易。有些人因为不知上进,自认生活过得不错,其实其思想和行为比下九流的人龌龊不知几百倍。例如那些威风凛凛的武将,比孙子、吴起还要盛气凌人,但真正懂得兵法的并不多;那些头戴高帽、一派潇洒的文臣中,真正懂得治理国家的又有几人。寇盗横行不能狙击,百姓困苦不能救助,贪官污吏不能彻查,法纪败坏不能整顿……让这些人做国家的"栋梁",国家如何能不亡。

刘时中痛斥金玉其外、败絮其中的人,同时也在表达自己对朝廷不懂用人的不满。知识分子的义愤填膺全在字里行间。全曲言语直白却惨淡,有"酒肉臭"的辛辣,却不失和煦,损人损得既有水准,又不失风度,使得此曲在众多讽刺时政的曲子中鲜见的"清丽"。也许是因为刘时中本人的性格使然。

写此类讽喻曲的元人,尤以曲人张可久居多。张可久的性格直来直去,其讽世曲自然充满了"战斗"的意味。

> 人皆嫌命窄,谁不见钱亲?水晶环入面糊盆,才沾粘便滚。文章糊了盛钱囤,门庭改做迷魂阵,清廉贬入睡馄饨。胡芦提倒稳!
>
> ——张可久《醉太平》

最是元曲销魂

从曲子的用词可以看出,张可久保持了他一贯的风格,在扭曲的时代写着愤世之曲。在他眼中,整个元王朝的存在就是一个悲剧。人人皆嫌贫爱富,把钱看得比命更重要。世人尽数变得心思污浊,见钱眼开。那些有德行的人,写出的好文章拿去糊钱袋的缝隙,以防铜板掉出去;而那些明明应该是出入人才的官府却变作了迷魂阵,多少清高者进去了就成了俗人,清官被一脚踢到了凡人堆,任人踩踏。

糖衣炮弹对人来说是最致命的诱惑和敌人,特别是那些有官职在身的人;而一些自命清高的人在糖衣炮弹的面前,经得住挑逗的,往往因为受不了官场污浊便做了庶民,经不住挑逗的,便渐渐沦陷,遗臭万年。张可久认为,这两种道路都不可选,还不如一开始就不进官场的大染缸,过着三杯两盏淡酒、糊里糊涂的生活。

有人说,那个时代的有识之士有心施为,无力回天。在金钱和权力的诱惑下,人世成了染缸,因为不能从中解脱,他们只好在痛斥完了之后装作糊涂,睁一只眼闭一只眼过一辈子。这是消极抵抗,严重缺乏时代的强音。不过当你面对扭曲的时代与人性时,它已经不是你所能改变。

拿一个时代的错误来苛求自己,这完全是没有必要的。所以张可久的装糊涂,或许才是较好的人生选择。人人都喜欢快乐,而烦恼往往不请自来。生气、悔恨、抱怨,消极时时萦绕在他们的脑海当中。不过他们不必担心太久,表面的盛世总有荒芜的一

众生相：一剪元朝的时光

天。金玉其外的橘子不加以贮存，同样会如它的内在一样干瘪。无论活得多高尚，身份如何高贵，都与贫贱者一样，会化作一堆枯骨，埋土成灰。

思古意：在最深的红尘里重逢

哪里有我的良辰美景

曲人卢挚的一生可以说是一个悲剧，无论是感情上还是事业上。他与其他人的不同在于，别人既没有得到感情归属，也未在仕途上迸发光芒，而卢挚把这两样东西都掌握在了手中，最后又错失。这是他性格使然还是时运不济？后人很难评断。

元世祖至元五年（公元1268年），经过几轮筛选，卢挚荣登进士榜单前列，不久之后就当上了翰林院集贤学士。

唐朝的时候就开始设置翰林院，起初，"翰林"并不是一种正式官职，而是文辞颇佳之人聚集的地方，相当于文苑。因为翰林所选之人多数都是皇帝中意的有才之士，所以翰林院逐渐有了皇帝秘书的功能。宋朝之后，翰林院不再是一种单纯地聚集文艺人才的地方，而是成为了正式的官职，需要经过科考，才能成为翰林。古时就有"点翰林"一说。明朝以后，成熟的内阁制出现，内阁逐渐替代翰林院成为皇帝私人秘书，其权力可比宰相，其功效就是分割宰相的权力和掣肘朝廷各势力的力量，因为有"无翰林，不内阁"的说法，想要走进内阁，就势必要先进入翰林院，所以，翰林的地位在明朝更显清贵。

元代继承了唐集贤院体制，并兼翰林院作用，还增编了不少部门，其中学士的地位仅次于大学士，这是在至元二十二年之后

思古意：在最深的红尘里重逢

才实行的制度，此前以学士为最大。所以，卢挚年纪轻轻就能做到学士的位置应该可以很得意了，而且该官职相当于皇帝的机要秘书和谏臣，皇帝有什么不明白的地方都要向他们垂询，把他们视做心腹。不过，当臣子不再受皇帝宠信时，那种从天堂掉进地狱的滋味便痛如剜骨。

> 朝瀛洲暮叙湖滨，向衡麓寻诗，湘水寻春。泽国纫兰，汀州寒若，谁与招魂？空目断苍梧暮云，黯黄陵宝瑟凝尘。世态纷纷，千古长沙，几度词臣。
>
> ——卢挚《蟾宫曲·长沙怀古潭州》

早晨还在朝中办事，晚上却已被放逐到遥远的南方。朝夕不过几个时辰，境遇却是天壤之别。古人把天子脚下比作"瀛洲"，卢挚借"瀛洲"与"湖滨"对比，来说自己遭到朝廷的放逐。

卢挚做集贤学士没多久，就因得罪人而遭谗，被贬谪到湖南，路经长沙偶感风物，写下了上面这曲《蟾宫曲》。他在江南待了数年之久，以《蟾宫曲》为曲牌写了十余首怀古曲，名义上感叹千秋万世，其实是倾倒一肚子的苦水。

曲中第一句交代自己的背景遭遇，接下来便写他在湖南的见闻：徜徉在衡山之麓，漫步于湘水之滨，鼻尖嗅到的是岸芷汀兰散发的幽香，眼前是漫天芳草，令人想起了以秋兰为佩的屈原和在江边追忆屈原的宋玉。像宋氏一样肯为屈原招魂的有几人呢？千年时光匆匆而逝，他来到了湘水之滨，举目遥望远处的苍梧山与黄陵庙，不禁想到了舜帝和他的两个妃子娥皇、女英，思古之

最是元曲销魂

情油然而生。

"空目断苍梧暮云,黯黄陵宝瑟凝尘"两句,所指的便是舜帝与娥皇女英的故事。司马迁在《史记·五帝本纪》里曾讲到,舜到南方巡狩,死于苍梧山下,便葬在此处。《水经注》中记载,娥皇、女英对舜帝忠贞不渝,舜帝死后,她们纷纷溺毙于湘水殉情。人们为了纪念二女而在洞庭湖畔修了黄陵庙。卢挚用这两句话来描写暮霭覆盖的苍梧山和黄陵庙,并对尘土掩埋的二妃抒发自己的哀伤和追悼之意。

卢挚思屈原、宋玉,思舜帝、二妃,皆有缘由。长沙湘水畔,多少年来留下了无数骚客的遗憾。卢挚也怕在这里度过余生,再难回到帝王身边施展长策。为忠臣者最怕遭冷弃,他的伤情在曲中不言而喻。

凡善于吟诗作赋的文人,只要见到有古人痕迹的事物时总不免多愁善感一番,要么慷慨激昂,以舒壮志;要么感时伤事,黯然出神。卢挚感怀身世,在人生理想幻灭之后,不得不放手。

问黄鹤惊动白鸥。甚鹦鹉能言,埋恨芳洲?岁晚江空,云飞风起,兴满清秋。有越女吴姬楚酒,莫虚负老子南楼。身世虚舟,千载悠悠,一笑休休。

——卢挚《蟾宫曲·武昌怀古》

辗转到了湖北武昌,卢挚此时仍带着集贤院学士的高帽,却终日闲极无聊。一日他登临名闻天下的黄鹤楼,忽而有只惊起的白鸥横空飞过,与黄鹤楼交织成了奇妙的画面,就像黄鹤惊动白鸥一般，令白鸥不敢停留。此情此景，激发了卢挚的灵感，遂写下了这首武昌怀古曲。

举目望去，看到远处的鹦鹉洲，卢挚蓦然想起死在此处的汉末才士祢衡。祢衡因为恃才傲物、桀骜不驯，相继得罪曹操、刘表等人，最后一个收留他的江夏（武昌）太守黄祖也受不了祢衡的嘴，将他处死。祢衡的饮恨在卢氏看来可悲可悯，卢挚认为，一个有才能的人因为高位者的不赏识而就此淹没，难道不是件恨事吗？

不过，浩瀚长空，云淡风轻，有美女醇酒陪伴，卢挚觉得不应因为一点伤古之情就浪费了眼前的景致，辜负"老子南楼"的美意。"老子南楼"本是《晋书·庾亮传》里的一个小故事。东晋六州都督庾亮镇守武昌时，他的部下殷浩等人月夜乘船登南楼赏夜景，庾亮得知后也来凑热闹。部将们见状纷纷走开，为自己偷闲的行为感到不好意思。庾亮却笑着说："你们不用这么着急走，就算先生老子来了这里，看到胜景也不忍离开。"说罢便亲热地与殷浩等人饮酒作乐，谈论国家大事。

卢挚借"老子南楼"来劝自己，不要辜负良辰美景。面对身世如虚舟，无根无底、四处飘荡的境况，卢挚虽然伤怀，可是却于事无补，他能做的只剩下自我释怀。

历史记载中的卢挚温柔多情，词曲清丽，在他的众多曲子当中，这曲《蟾宫曲·武昌怀古》竟突发豪放之言，叫人不免惊讶。难得卢挚能如此看得开，在霪雨霏霏的元代发出清音。

但不可否认的是，他的怀古曲既不是为赞扬古人而作，也

最是元曲销魂

不是为天下黎民所写,通常都是为自己的一点辛苦诉苦水。他无力改变现实,能做的只剩下饮酒作乐,寻求离开浮生的解脱。也许正是他想放又放不掉的优柔寡断,注定了他事业的不顺、情感的失败。如果他能钟情自己心爱的女子朱帘秀,这一生想来能获得些许安慰,然而就连忠贞的爱情,他也让其如冰雪般消融在掌心。

思古意：在最深的红尘里重逢

我有一碗酒，可以慰风尘

我国的酒文化历史悠长，据说可以追溯到神农氏时代。相传，在深山之中，有很多猿猴，喜欢把花果之类储存在洞穴里面，时间一长，这些东西便发酵成了酒，名为"猿酒"，也有一种说法是"猴儿酒"。慢慢地，人类学会了酿酒，而酿酒的材料也逐渐纳入了粮食，不仅限于花果。我们常见古代的一些人说自己千杯不醉，或许并不是夸张，而是那个时候的酒精提纯技术并没有特别完善，他们喝的更像现在的米酒。

有一种观点是，最初造酒的人是杜康。所以，在一些诗词歌赋中，"杜康"就直接指代了酒，比如"何以解忧？唯有杜康"。关于杜康造酒还有一个很有意思的故事。传说，杜康要造酒的时候，冥思苦想，不得其法，忽然有一天，他梦到了一个白发老人，这个老人告诉他，造酒需要水加上粮食，然后在酿造的第九天找到三个人，每个人滴入一滴血，酒就酿好了。于是，杜康照办。在酿造的第九天，他开始找人。他遇见的第一个人是个书生，文质彬彬，气质优雅，听说杜康造酒需要自己的一滴血，便欣然答应了。杜康遇见的第二个人是一个将军，威武非常，器宇轩昂，杜康跟他说了造酒的事，将军也十分不吝啬。之后，杜康

最是元曲销魂

一直找第三个人,却怎么也找不着了。异常焦急之下,他忽然灵机一动,随手找来了街边的乞丐。于是,三滴血入瓮,酒就酿成了。因为是第九天造好的酒,于是,杜康就取"九"的谐音,将这种饮品命名为"酒"。

或许正是因为这三个人滴入的血,凡是喝酒的人便有了这三类人的特性。一开始喝酒时,言辞到位,如同书生一般客客气气;微醺之时,便有了将军一样的豪气,说话动作大开大合;酒醉之后,就像乞丐一般,烂醉倒头,不省人事。

都说杜康造酒刘伶醉。这个刘伶是西晋时期"竹林七贤"之一,颇有才华,但是总是一副烂醉如泥的样子。现在很多国画要画刘伶的时候,就是画他枕着一个酒葫芦大睡。他保存下来的一篇传世之作就是《酒德颂》。刘伶嗜酒简直就到了视之如命的地步。据说,他乘着鹿车喝酒,让仆人在后面拿着锄头跟着,他告诉仆人,我要是醉死了,你就把我就地葬了。还有一次,他的妻子跟他大闹,说他这样喝酒简直就是自杀,于是倒了酒,砸了酒瓶。他忽然赞同妻子的说法,跟她说自己决定戒酒了,要祭天祷告。妻子信以为真,准备了酒肉。哪里知道,刘伶把祭台上的酒给喝了,还跟老天说,我就是这样的人,妇人之言不可信。

要说到和刘伶一样嗜酒如命的人,宋代民间传说中记载过一个书生,名叫赵元。他曾言:"猛然观望,见风吹青旆唤高阳。吃了些酸醅醇糯,胜如玉液琼浆。喜的是两袖清风和月偃,一壶春色透瓶香。花前饮酒,月下掀髯,蓬头垢面,鼓腹讴歌,茅舍

思古意:在最深的红尘里重逢

中酒瓮边剌登哩登唱。三杯肚里,由你万古谈扬。"

喝酒喝到醉生梦死,一觉醒来的赵元发现已经日上三竿。他笑眯眯地手提酒壶,却觉得它比琼浆玉露更使人清爽。既然家徒四壁、两袖清风是他的现状,与其对命运不断埋怨和奢求,还不如月下饮酒、捧腹歌唱。三杯酒下肚,说不定吟出什么千古名句,后世传唱呢!

赵元本是宋代民间传说中一个因酒得奇缘的小人物,他是落魄的富家子弟,平时好酒贪杯,被妻子刘月仙和岳父、岳母嫌弃。刘月仙及她的父母总是任意打骂赵元,把他视为废物,后来甚至欲除他而后快。赵元只能依托醉酒来逃避现实的苦难。他的好酒并不如古代名士那样风雅,一不是为了激发诗性,二不是通过喝酒得出一些文化结论,他喝酒只为解脱。不过,他后来却经历了一系列好事,这些好事都是因酒和毒如蛇蝎的老婆刘月仙,倒也可以说是冥冥之中,自有定数。

素有"小关汉卿"美称的元代戏曲作家高文秀借赵元的故事发挥,写了《好酒赵元遇上皇》一剧,顿时在民间引起了不小轰动,让市井之人再次肯定酒是好物。在高文秀的笔下,赵元历经酒难、酒缘、酒功、酒趣等过程,让观众着实为他捏了一把汗。看罢剧目之后,人们忍不住开怀叫好。

赵元的"酒难"由他的蛇蝎老婆刘月仙引起。此女嫌弃赵元不长进,暗暗在外面与东京臧府尹有暧昧关系,一心想要嫁给臧府尹,刘、臧二人为了做长久夫妻,遂设了一个诡计。臧府尹差赵元送文书到汴京给丞相赵光普,却故意把文书晚三天交给赵元,让他延误日期。宋代官府有明文规定,延误一日杖四十,延误三日就处斩,赵元心知死路一条,又不得不送,满腹哀愁地上路了。

一场梨花大雪来临,天寒地冻,不过赵元并没有对老天发出怨怼,反而感谢上天,因为大雪让自己躲进了路边酒馆,与他的知己——"酒大人"见面。

【牧羊关】见酒后忙参拜,饮酒后再取覆,共这酒故人今日完聚。酒呵,则道永不相逢,不想今番重聚。为酒上遭风雪,为酒上践程途。这酒漫头和你重相遇,酒爹爹安乐否?

——高文秀《好酒赵元遇上皇》第二折

这段曲子写得好笑有趣,是赵元见到酒之后的表现。他一路冲进酒馆,叫来"酒大人",对其又是参拜又是讨好。赵元视酒如亲人,还以为自己赴死之前肯定不能再见它,没想到因为暴风雪而与"亲人"重逢,实在让他又惊又喜。剧中第二折这段求爷爷告奶奶的感激话,听来让人忍俊不禁。他那充满谐趣的话被微服出巡、落脚酒店的宋太祖赵匡胤一行人听到,赵匡胤忍不住留意到此人。

赵元一边喝一边唱,忽然听见旁边的掌柜在与人大声理论,顿觉对方打扰了他的酒兴。他上前一问掌柜,才知有几个人喝完酒却没钱付账,他便大方地替这些人付了钱。不料没有酒钱的正是赵匡胤一干人等,赵匡胤不小心丢了银子,所以无钱付账,他

思古意：在最深的红尘里重逢

欣然接受了赵元的恩惠，并与赵元把酒言欢。二人聊得甚是投机，均觉得遇到了知己。赵元一时酒劲上来，便开始对赵匡胤诉苦，讲刘月仙和臧府尹如何害他。

赵匡胤闻言思索半晌，声称自己认识宰相赵光普，并且在赵元的手臂上写下了一封"求情信"。赵元带着手臂上的"求情信"到了京师，见到赵光普之后，赵光普立刻对他客客气气，还推荐他当上高官。

衣锦还乡的赵元，见到臧府尹被赵光普发配边疆，刘月仙也被杖刑一百，两人都受到应有的惩罚，他便心满意足了，遂向朝廷辞去官职，回到了他的酒坛边，又开始了与美酒相伴的生活。

赵元自认自己是"愚浊的匹夫，不会讲先王礼数"，宁归隐而不进取。其实，他身上有着古代文人共同的气质，入仕之念并非一点没有，但他自言一介匹夫，是因为世上人心难测，伴君如伴虎。爱人的欺骗、上司的陷害令他对现实充满失望，而"酒大人"从不会骗人。在酒的面前人可以变得毫无心机，酒也可以为人解除一切烦恼。在赵元看来，贪杯是一种不可言喻的幸福，比升官发财更为现实。

高文秀之所以选中赵元的经历作为剧本的内容，也是想借他来映射自己。赵元因酒难而遇酒缘，巧得功名，这是高文秀以及所有元文人的梦想。如果他们能赶上帝王微服出访，与帝王结缘，说不定也可入朝为官。可现实状况的悲惨又令元文人知道一切仅是梦幻而已，所以高文秀又安排赵元回到"酒大人"身旁，这是元文人无奈之下的隐忍。郁结于他们心中的不甘之痛和不仕之忧，如双刃剑一般折磨着他们，他们只能从舞台戏剧中寻求自我麻醉。

然而，人们常说"一醉解千愁"，却不知酒醒愁更深。无论怎样，一个人借酒堕落总是不值得称道的，世界上越是没有人爱自己，自己才越要爱自己。

思古意：在最深的红尘里重逢

一缕香魂马嵬坡

中国有一个成语叫作"环肥燕瘦"。这里所提到的分别是两个美人，一个是赵飞燕，一个是杨玉环。据说，赵飞燕体态轻盈，能做掌上舞；而杨玉环常被人叫作胖美人，其实，杨玉环本人也是歌舞一绝，词曲俱佳。她会跳舞，会乐器，会唱歌，还颇通文采，可以说是才女和美女的结合体。当时的"胖"并不是不健康的、毫无体态之美的身材，用现在的话来说应该属于"微胖"，应该是那种略有肉感但是体态很有线条的身材，可以说是丰乳肥臀小蛮腰，而不是现在很多女性所想的"一胖三百斤"，跟座小肉山似的身材。那时的"胖美"更倾向于富态、优雅、风姿绰约，是一种很有质感的美。再加上有一部分现代人的审美更加倾向骨感美，甚至有一部分极端人群崇尚骨头美。所以愈发觉得唐朝美人胖不可言。

唐人认为，国家富贵强盛，因此彰显世人美丽的女子也应丰腴才对。加之唐朝流行高耸发髻、花纱长袍彩衣，女子多袒胸露背，如果瘦骨嶙峋，看起来如骷髅一般，当然不适合唐时大方的装束。正是因为这种美学观念，唐朝第一美人杨玉环顺利选秀入朝，成为唐明皇之子寿王的王妃。如果我们现在去观摩古籍，或者看现在的仿唐朝妆容，会发现唐朝女子，不论发型、脸型、体型、衣着都很匀称而大气。尤其是胭脂、口脂一上脸，花钿、斜红一装扮，再加上华丽的衣着色彩、款式、图案，显得十分雍容华贵，和当时那种万国来朝的气象十分匹配。

种种历史资料显示，杨玉环身高一米六四，体重一百三十余斤，应是中等身材偏胖。她能歌善舞，当然不会是个水桶腰，否则也不容易被朝廷选秀者看上。此外，杨玉环精通音律，聪颖非常，机智过人，善解人意，不但寿王喜欢，老皇帝唐玄宗也很喜欢这个"媳妇"，找了种种借口将她送去做了女道士，将她和寿王的关系割裂开，几年后唐玄宗又找了个理由将杨玉环招入宫中，但这一回则是做了自己的妃子。

唐玄宗不顾人伦，夺子所爱，在那时并没有遭到道德谴责。而杨玉环受宠，杨家借女人上位，反而成了天下人的笑柄。是以当安禄山逼宫时，杨贵妃成了最大的替罪羔羊：淫乱祸主，其罪当诛。

> 睡海棠，春将晚，恨不得明皇掌中看。霓裳便是中原患。不因这杨玉环，引起那禄山，怎知蜀道难。
>
> ——马致远《四块玉·马嵬坡》

马致远在写这首形容杨贵妃的《四块玉》时，不知是抱着怎样的心态，但多少对这个美女持的是鄙视态度。他笔下的杨贵妃美则美矣，却并不招人待见：暮春时节，海棠春睡的杨贵妃姿容娇艳，唐玄宗恨不得把她当作掌中明珠，然而偏偏就是这个美女成了中土大唐的祸患。唐玄宗与她终日在宫中轻歌曼舞，饮酒作乐，不顾朝政，节度使生出异心，在地方起兵造反，祸国殃民。最终安禄山叛变，攻入潼关，唐玄宗带着杨玉环及残兵逃亡蜀中。逃亡大队路过马嵬驿时，扈从的禁卫军哗变，要求唐玄宗诛杀杨玉环以谢天下，重拾明君姿态。视杨玉环若心头肉的唐玄宗悲痛不已，但为了稳定军心，保命在先，仍是牺牲了曾经引以为精神支柱的美人儿。马致远的曲子讲的就是这段故事。他觉得，就是因为这个大美人，皇帝不再主理朝政，只把这个小小女子当成了心肝宝贝，不仅劳民伤财，还引得安禄山这个狼子野心之人进入朝堂，这才有了马嵬坡之变。

然而，真正该受到谴责的是唐玄宗、杨贵妃二人吗？唐玄宗倾国之后舍不得江山和性命，将心爱的女人送上刑场，他的内心或许备受煎熬。错不在"杨玉环"和"李隆基"，错在"杨贵妃"和"唐玄宗"，错不在两人相爱，错在一个帝王无心霸业，任朝政不再清明，任百姓惨遭屠戮，任江山落入贼寇之手；错在一个女人空有美貌和才华，却没有怜悯天下、劝诫君王的贤德。一切皆怪他们没有扮演好自己的角色。不明智的皇帝和混乱的朝廷接纳了一个生错时代的女人，便乱了天下。所以，后人还是认为，白居易对二人情感的中肯评价最能让人接受。

天长地久有时尽，此恨绵绵无绝期，唯愿在天成了比翼鸟，在地连理枝纠缠。唐玄宗与杨玉环也不想成为一个昏君、一个祸水，他们只想厮守到老而已。然而这点愿望也因为他们的特殊身份而未能实现。此时再看白朴的《唐明皇秋夜梧桐雨》，对唐玄宗与杨贵妃不免生出同情，才知相爱不能相见的滋味，那等心

酸,怎一个"愁"字了得。

【滚绣球】长生殿那一宵,转回廊,说誓约,不合对梧桐并肩斜靠。尽言词絮絮叨叨。沉香亭那一朝,按霓裳,舞六幺,红牙箸击成腔调,乱宫商闹闹炒炒。是兀那当时欢会栽排下,今日凄凉厮辏着,暗地量度。

【三煞】润蒙蒙杨柳雨,凄凄院宇侵帘幕。细丝丝梅子雨,装点江干满楼阁。杏花雨红湿阑干,梨花雨玉容寂寞;荷花雨翠盖翩翩,豆花雨绿叶萧条。都不似你惊魂破梦,助恨添愁,彻夜连宵。莫不是水仙弄娇,蘸杨柳洒风飘?
……

【黄钟煞】顺西风低把纱窗哨,送寒气频将绣户敲。莫不是天故将人愁闷搅?度铃声响栈道,似花奴羯鼓调,如伯牙《水仙操》。洗黄花润篱落,渍苍苔倒墙角,渲湖山漱石窍,浸枯荷溢池沼。沾残蝶粉渐消。洒流萤焰不着。绿窗前促织叫,声相近雁影高。催邻砧处处捣,助新凉分外早。斟量来这一宵,雨和人紧厮熬。伴铜壶点点敲,雨更多泪不少。雨湿寒梢,泪染龙袍。不肯相饶。共隔着一树梧桐直滴到晓。

——白朴《唐明皇秋夜梧桐雨》第四折

这段唱腔摘自《梧桐雨》第四折,讲的是唐玄宗出逃后回宫时的情景。那时安史之乱渐渐平定,回到长安的唐玄宗不问世事,退居西宫颐养天年。可是痛失挚爱,他如同丧失魂魄,而爱情沦丧之后,他的权力又被架空,爱情与事业皆无好结果的唐玄宗凄凉不已。面对西宫内杨玉环的画像,他心痛欲死。

"滚绣球""三煞""黄钟煞"三段均是描写唐玄宗当时的心

思古意：在最深的红尘里重逢

情。他回想在长生殿的那晚，与杨玉环并肩坐在长廊上，对着在夜风中簌簌作响的梧桐，誓言生生世世不分离。还有在沉香亭的那天，杨玉环跳着绝美的舞蹈，他唱歌，她舞袖，彼此眉目传情，好不快活。这些好像都发生在昨日一样，一转眼，物是人非事事休，只剩下自己对着凄迷细雨、冷冷殿阁，看百花落尽，绿叶萧条，睡着了又惊醒，一夜无眠。

夜里西风寒气逼人，在窗棂间滑过时发出奇怪的声响，仿佛是西蜀栈道上的马铃声、渔阳鼙鼓的惊魂声，令唐玄宗冷汗淋漓。败落的花叶、月下阴影重重的山石、枯静的荷塘与翅沾湿露的蝴蝶，看上去死一般寂静，然而他又看到昏黄的灯火在闪烁，耳边听到了虫燕的喧闹泣鸣和恼人的捣衣声。唐玄宗弄不清自己究竟听到或看到了什么，只因他心乱如麻、彷徨无措，有声也是无声，无情也是有情。这一夜梧桐雨，沾湿了周遭的事物，而他的泪早已打湿龙袍。

白朴将唐玄宗放进了梦幻凄清的西宫，让他游离其内无法超脱。此举略显残忍，然而在宫中唐玄宗的一举一动却可真实地反映出他的情意。在《旧唐书》中讲过，杨玉环"每倩盼承迎，动如上意"。唐玄宗平时的饮食起居、行走踏步，稍有行动，杨玉环皆能领悟，帮他处理好接下来的事情，此等体贴，并不仅是一个纯以色侍人的妃子所能做到。皇帝三宫六院，艳妃如云，何以偏偏专宠杨玉环？皆因唐玄宗视她为知音。步入老年的唐玄宗就算再好色，凭他年轻时的明智也不至于为了一个美女而弃江山不顾，而且，纯是贪图床笫之欢不足以让唐玄宗迷失心智。是杨玉环的体贴入微让唐玄宗枯燥的忘年仿佛被春雨滋润，唐玄宗实在是为自己找了最佳的精神伴侣而欢喜鼓舞。

如此去看待唐玄宗与杨玉环的爱情，两人都有错，但也都没错。白朴一生在情感上饱经伤痛，他能深切体会两人的苦痛，所以他格外同情杨玉环的身世，让唐玄宗梧桐夜雨一席话，作为献给杨玉环最美的祷文。

一品贵妃的杨玉环，从后宫地位来看，不可谓不高。作为古典美女，她风靡亚洲，甚至连日本都有她的衣冠冢。她的样貌、才华、多情、迷离传奇等，让她成为了当时中土天下的尴尬，也让她拥有了普通女子所没有的后世扬名。对她，人们应该多几分正视，多几分包容。

思古意：在最深的红尘里重逢

孤儿怨

复仇似乎是小说家永远也写不完的话题，莎士比亚笔下的王子哈姆雷特、大仲马笔下的基督山伯爵埃德蒙，他们复仇的过程是如此惊心动魄，以至于影响世界各地复仇小说的情节演绎。在中国历史上一样上演过许多复仇的故事，因为有杀戮就会有仇恨，但有些是虚幻的纸上谈兵，有些则是真实的存在。

"赵氏孤儿"是中国古代最有名的复仇记之一，不但司马迁特别为此著文，就连法国思想家伏尔泰都忍不住将其改编搬上舞台，在欧洲一度引起轰动。当时的欧洲正流行一股"中国风"，无论是物质上还是思想上。西方人认为，中国人的想象力和行动力既奇特又令人震惊。诸如大丈夫"其言必信，其行必果，已诺必成，不爱其躯"，这是中国儒家信义所讲的核心，做人最重要的是一个"义"字，为此被千刀万剐亦万死不辞。伏尔泰可能就是看中了这种忠义哲学观，才将"赵氏孤儿"的故事引进，而且他认为，"赵氏孤儿"是只有在中国才会发生的复仇式悲剧。

一幕历史剧既然能引起全世界的关注，不应该让它的剧作者纪君祥无人问津。有人考证说，纪君祥又作纪天翔，大概生活在元世祖忽必烈时期，虽然被称为戏曲家，留下来的作品却少得可怜，但一个成名之作就足以令他扬名。到底出于什么目的，纪君

最是元曲销魂

祥才会想到改编这段发生于春秋时期的故事呢?这就必须了解它发生的背景与作者所处的现实有多么相似。

司马迁在《史记·赵世家》中详细地讲述了"赵氏孤儿"的故事,纪君祥为了使其更加富有戏剧性,在某些细节上投注了自己的臆想。他的巧妙编剧,使得西方人对"赵氏孤儿"的故事关注起来。

晋灵公年间,大奸臣屠岸贾欲篡位,密谋陷害忠烈名门赵氏,并将其一家老小全部杀害。唯一漏网的是当家的赵朔之妻,她是晋国公主,腹中怀有赵朔之子,由于她当时身在王宫,才躲过此劫,并在不久后产下一名男婴。赵朔的好朋友程婴和门客公孙杵臼发誓要为赵朔报仇,将这名男婴秘密保护起来,但此事还是被屠岸贾发现,后者立刻下令追杀赵氏遗孤。

程婴一路逃亡,仍是被屠岸贾的部将韩厥拦住去路。程婴本以为必死无疑,却没想到韩厥竟然放了他们。望着程婴离去的背影,韩厥心道:

【醉中天】我若是献出去图荣进,却不道利自己损别人。可怜他三百口亲丁尽不存,着谁来雪这终天恨?【带云】那屠岸贾若见这孤儿呵。【唱】怕不就连皮带筋捻成斋粉,我可也没来由,立这样没眼的功勋!

——纪君祥《赵氏孤儿大报仇》第一折

杀一个手无寸铁的婴孩,对韩厥来说是不仁,赵氏一家若因自己的阻拦而不能报仇雪恨,他韩厥就是不义。不仁不义之事,

思古意：在最深的红尘里重逢

韩厥自认绝对做不出来，思来想去，干脆自尽算了，成全了自己，也成全了别人。屠岸贾大概做梦也想不到，为赵家遗孤第一个献出忠魂的竟是自己的手下。

为了找到程婴和赵氏孤儿的下落，屠岸贾扬言要屠杀晋国所有一个月以上、半岁以下的婴儿。为了避免连累无辜，程婴带着自己的儿子与公孙杵臼逃往一个方向，引敌人来找，另一方面让他的妻子带着赵氏遗子逃往另一个方向。屠岸贾果然率师追杀程婴和公孙二人。程婴假意投靠屠岸贾，"出卖"公孙杵臼和婴儿。公孙杵臼心中明白他的苦衷，咬牙陪他演了这场"血泪秀"。

【南吕·一枝花】兀的不屈沉杀大丈夫，损坏了真梁栋。被那些腌臜屠狗辈，欺负俺慷慨钓鳌翁。正遇着不道的灵公，偏贼子加恩宠，著贤人受困穷。若不是急流中将脚步抽迴，险些儿闹市里把头皮断送。

——纪君祥《赵氏孤儿大报仇》第二折

【双调·新水令】我则见荡征尘飞过小溪桥，多管是损忠良贼徒来到。齐臻臻摆着士卒，明晃晃列着枪刀。眼见的我死在今朝，更避甚痛答掠。

【驻马听】想着我罢职辞朝，曾与赵盾名为刎颈交。是那个埋情出告？原来这程婴舌是斩身刀！你正是狂风偏纵扑天雕，严霜故打枯根草。不争把孤儿又杀坏了。可着他三百口冤仇甚人来报？

——纪君祥《赵氏孤儿大报仇》第三折

这三段唱腔，内容是公孙杵臼大骂朝廷败坏，昏君无道，竟让屠岸贾这等卑鄙小人位列三公。他直言晋国君简直有眼无珠，又假意骂程婴"狗贼"，"出卖"自己和赵氏。

最是元曲销魂

屠岸贾怕程婴作假，便让程婴鞭打公孙，程婴只好忍着心痛抽打公孙，而心中却在淌血，几乎把银牙咬断。他暗道此仇不报，誓不为人。到最后，他只能眼见着亲生儿子死于乱刀之下，而好朋友公孙杵臼也一头撞倒在地上，头破血流而亡。

背着"忘恩负义"的骂名，程婴将赵氏遗子带在身边，躲在深山老林里隐居。在与世隔绝、青山绿水的桃源中，程婴将报仇的念头不断灌输给赵家遗子。这样做是对还是错，程婴一直在挣扎，但是想到赵家满门三百口皆死于屠岸贾之手，如果不除掉此人，恐怕天理不容。

山中一日，世上千年。不知不觉，赵氏遗子赵武立世成人，联合屠岸贾的"亲信"，里应外合将屠岸贾诛杀，还了赵氏和程婴等人的清白。然而，程婴想到自己的孩子和朋友皆不能复生，痛不欲生。他被接入了豪华的赵府，却并没有享受的心情，而是每日待在屋中，沉默地坐在案席之上，到了夜晚，对月无语。

隐约间，他好像看到了点点青鸦，几株桑树，闹闹吵吵，一群耕夫。这些是他在深山里最常见到的情景。过了一会儿，他仿佛又看到了那些死去好友的魂魄在面前晃来晃去，好似在召唤他一般。

忘不了山中的生活，因为隐居能消除他心中的罪孽，然而青山也治愈不了他痛失亲友的悲苦。除了一死，程婴想不出还能用什么来祭奠那些死去的人。

在真正的历史当中，程婴自刎了，以死来祭奠朋友的灵魂。

思古意：在最深的红尘里重逢

不过在《赵氏孤儿大报仇》这部剧中，纪君祥让程婴免于一死。因为如果他的结局也以死收场，就真是大悲特悲的惨剧了。即便不是个纯正的悲剧，近代中国著名学者王国维仍认为，《赵氏孤儿大报仇》与《窦娥冤》至少情节不相上下，列之于世界大悲剧中，亦无愧色。更有甚者说《赵氏孤儿大报仇》跟《哈姆雷特》的戏剧地位持平，毕竟它取胜在既有真实历史支撑，又富有传奇色彩，而莎士比亚的《哈姆雷特》不过是虚构的故事。

其实赵氏孤儿传达的无非是儒家仁义礼智信中的"义"。在孟子那里，"义"有个有趣的诠释："鱼我所欲也，熊掌亦我所欲也；二者不可得兼，舍鱼而取熊掌者也。生亦我所欲也，义亦我所欲也；二者不可得兼，舍生而取义者也。"对贪心的人来说，两全其美当然更好，可是"生命"和"道义"不是东西，如果两个不可以同时拥有，按照中国人的观念，自然是"道义"重过"生命"。所以韩厥、公孙杵臼和程婴都制造了令人极端费解的"自杀事件"。

中国古代的"自杀事件"之所以被外国人相中，并被他们拿去改编成符合外国人观赏角度的剧目，是因为外国人对中国的"忠义观"很感兴趣。而对朋友忠诚、对事业忠诚的人，在全世界都可以引起共鸣。《赵氏孤儿》动人的一面，就是凭借"忠义"二字，在意识形态上融入了人的心灵。

当美人成为青冢

在茫茫草原之中,有一处坟冢颜色青青,卓然独立。这就是王昭君的坟冢,被称为"青冢"。

昭君出塞的故事,我们自然都是熟悉的。这个女子,有着美好的容颜和不甘寂寞的灵魂。她本是汉元帝后宫中人,因为后宫女子人数众多,汉元帝为了方便,就让画匠把众人的容貌画下来,然后从中挑选自己中意的女子。为此,后宫众人争相贿赂画匠,唯独王昭君自觉容貌和才华不输他人,也偏有一股傲气,不愿意行贿。所以,她便一直被深锁后宫。后来,匈奴人来汉求取和亲,汉元帝便决定从后宫女子中选一人作为公主嫁入匈奴。王昭君或许是对皇帝心灰意冷,或许是不愿老死宫中,于是自请和亲。等到王昭君出嫁那一天,装扮华丽,举止端庄得宜,旁人看了惊为天人,汉元帝相送之时,才发现王昭君容貌妍丽,堪称后宫第一。汉元帝为此十分后悔,但是,已经对匈奴人做出的承诺不能轻易变改,只能忍痛割爱。匈奴呼韩邪单于见到和亲的美人竟然如此出众,更是将其封为宁胡阏氏。

王昭君此去,长路漫漫,终身不见故乡。她一路流泪,一路弹奏着琵琶曲,悲伤不已。我们未曾得知,这样心高气傲、姿容俱佳的女子是否真有自己的爱情,后来的戏剧或者影视作品总喜

思古意：在最深的红尘里重逢

欢强行让王昭君和汉元帝，或者王昭君和呼韩邪单于之间发生种种浪漫的爱情故事。这更像是一种对观者的慰藉，也更像是一种对王昭君的祝福。后世人人称颂王昭君的深明大义，却鲜少有人会去感受她的身不由己。不是老死宫中就是远嫁他乡，对这样的一个小小女子，她根本没得选择。再多的浪漫故事，再唯美的情感传说，再动容的鼓舞称赞，都不过是"遣妾一身安社稷，不知何处用将军"罢了。

沉鱼落雁的两个女子，一个西施，一个王昭君，不过都是"不得已""不得不""没选择"罢了，说得再好听，也只是如此。让大雁从天而落的，从来都不是王昭君的容颜，而是她郁郁的悲歌。此去他乡，便是生离，便是死别，便是数不尽的人生沧桑。

马致远的《汉宫秋》幻想了一个王昭君和汉元帝的惜别故事。

【醉中天】将两叶赛宫样眉儿画，把一个宜梳裹脸儿搽，额角香钿贴翠花，一笑有倾城价。若是越勾践姑苏台上见他，那西施半筹也不纳，更敢早十年败国亡家。

——马致远《汉宫秋》第一折

此女面容倾国倾城，汉元帝一看到她，便惊为天人，比西施有过之而无不及。如果越王勾践早遇到她，西施也要被忽略不计。想到这里，汉元帝更加不理解，就算自己终日在朝堂上忙于政事，也不可能轻易忽略这样的优雅女子，究竟为何会如此？

最是元曲销魂

让汉元帝深深着迷的女子，便是在汉宫中待了几年的王嫱。她没料到在半夜里弹琴，竟然会惊动帝王，犹以为自己身在梦中。想当年画师毛延寿从中作梗，在她的画像上点了丧夫痣，使她从一进宫就幽居冷殿。一晚，她忧思难消，本打算趁着夜里无人，抚琴聊以慰藉，竟然引来一心希冀见到的人。

汉元帝与王昭君邂逅的一幕，便是《汉宫秋》第一折开篇所写的场景。马致远的《汉宫秋》作为元代名剧，写的虽然是王昭君，但它的特别之处在于不以王昭君出塞为主要内容，而是架空了一段王昭君与汉元帝相爱的过程。在全剧中，马致远尽情地发挥想象，放纵笔调，写了一段欲舍难离、可歌可泣的爱恋。

剧中的汉元帝和明妃王嫱，前者体贴，后者温柔，他们相处的时光温馨无比。可惜天若有情天亦老，月若无恨月长圆。王昭君得宠之后，画师毛延寿畏罪潜逃至匈奴，为了报复汉元帝和王昭君，便将王昭君的画像送给单于。单于顿时为王昭君的美貌所迷，本准备南下进攻的念头也打消了，派使者到汉室索婚，只要汉元帝将王昭君奉上，一切皆可商量，要是汉元帝敢拒绝，匈奴"不日南侵，江山难保"。

汉元帝本以为满朝文武百官会支持他打仗，哪知这班人马个个吓得屁滚尿流，哭爹喊娘地要求他把王昭君送给匈奴王。这些"卧重裀，食列鼎，乘肥马，衣轻裘"的重臣们，本应食君之禄、担君之忧，却在关键时刻都龟缩起来。面对这些废物，汉元帝一个人又能做什么？就这样，汉元帝忍着撕心裂肺的痛楚，在大殿上为王嫱和匈奴单于主持婚礼。

思古意：在最深的红尘里重逢

被逼献出心爱的女人，汉元帝的痛苦，王嫱是明白的，但是她能不走吗？那些大臣为了讨好匈奴，迫汉元帝将自己放手，已经把她比成了颠覆国家的妲己。只要她走了，既能保证汉室平安，也不至于让心中所爱背负亡国之君的罪名。

王嫱其实非常聪明，美丽、果敢、睿智，女人应有的，她都有，女人没有的，她也有。塞外虽是苦寒之地，朔漠相连，低头不见地界，抬头望不到天边，却任她行走，无拘无束，比她在汉宫里受千夫所指强上百倍。如果因她而令中土黎民受苦，她就变成千古罪人了；如果她的走能息止干戈，或可流芳永世。

事实证明，王嫱的选择是正确的。中国的文人最不齿不洁的女人，无论是身体的背叛还是心灵的背叛。但是当一个女人为了所谓的民族大义而牺牲"贞洁"，便是被永世赞赏的对象。许多人可怜王嫱远赴千里，埋骨他乡，魂向中土不能回，为她写下不计其数的挽联，为她歌功颂德。王安石也说过，王嫱既成就了中土数十年的安宁，也使她自己的爱情得到了皈依。也许王安石这样说是对的，汉元帝虽然痴迷昭君，却没有力量守护她，相反是单于给了王昭君婚姻上的皈依。但是，马致远的《汉宫秋》不想苟同他人的看法，而是对汉元帝与王嫱不能情有所终给予了最大的怜悯。

【梅花酒】呀！俺向着这迥野悲凉。草已添黄，兔早迎霜。犬褪得毛苍，人掇起缨枪，马负着行装，车运着粮糇，打猎起围场。

最是元曲销魂

他他他伤心辞汉主,我我我携手上河梁。他部从入穷荒,我銮舆返咸阳。返咸阳,过宫墙;过宫墙,绕回廊;绕回廊,近椒房;近椒房,月昏黄;月昏黄,夜生凉;夜生凉,泣寒螀;泣寒螀,绿纱窗;绿纱窗,不思量!

——马致远《汉宫秋》第三折

此段所写的尽是汉元帝送别王昭君时的痛苦心情。他在灞桥之上,远眺着护送王嫱的马车隐于荒草戈壁,感到自己的魂也快要离体追随而去。汉元帝一想到王昭君从此便要受苦,终日对着荒草霜天,身边伴的不是贴心的人,他便痛苦难当。塞外生活何等凄苦,随处可见褪了毛的狗、扛着红缨枪的牧人,四处都是马负行装,荒凉不已,待在那里,过的日子也一定辛苦。

王昭君伤心地离开了,目送她离去的汉元帝也不得不乘车回咸阳,每过一道宫墙,每走一条回廊,两个相爱之人的距离便远了几里。对汉元帝来说,汉宫之内,只余一片孤寂,只剩凉夜昏月,只闻寒蝉悲泣,再也听不到王昭君的琵琶声了。

这一段曲子情感缠绵悱恻,马致远笔下的汉元帝,多情得超乎想象。但剧情没有就此打住,更悲惨的事情发生了。

得到王嫱的单于率兵北去,王嫱却做出了惊世之举。她一方面不舍故土,另一方面思念汉元帝成疾,便在汉番交界之地投水而死。王昭君死的当夜,汉元帝做梦惊醒,突闻窗外孤雁哀鸣,顿时泪如泉涌。他跌跌撞撞地跑出寝殿,叫宫人去打听王昭君的消息,才知王昭君刚刚已经自尽。而单于怕和汉室因此起了干戈,便将画师毛延寿遣送回来。

思古意：在最深的红尘里重逢

汉元帝痛煞，几欲撞墙，下令砍了毛延寿的脑袋，以慰藉王昭君在天之灵。数年后，汉元帝也抑郁而亡。

在《汉宫秋》里，王嫱与汉元帝的爱情虽然生不能在一起，但得到了共同赴死的结局，这是马致远对忠贞爱情的理解。

其实，要真的说王昭君和汉元帝之间有情，怕是虚妄的。一面之缘罢了，汉元帝再不舍，为了江山，他还是得舍。况且，他不舍的从来不是王昭君这个人，而是她的那张脸。以色事人者，又得几时好？我们可以想象，纵然王昭君在最后一刻被留了下来，没有去往匈奴和亲，或者她与汉元帝能够相遇在更早的时候，或许会有一段流传千古的爱情故事，也或许她只能成为不曾留下名姓的普通嫔妃中的一人。

历史上的王昭君，在匈奴既传播中土文化，又宣传和谐共处的观念，匈奴人因此受益良多，并奉她为神女，在大青山脚下为她建造了永世不倒的衣冠冢。而《汉宫秋》里的王嫱惹人生怜，一心守护自己的爱情，在爱情不能完美时则捐躯赴国。

唐朝诗人戎昱叹曰："汉家青史上，计拙是和亲。社稷依明主，安危托妇人。岂能将玉貌，便拟静胡尘。地下千年骨，谁为辅佐臣。"一味把江山安危、天下太平寄托在女子和亲、牺牲上，用和亲这种策略"保家护国"的人实则是毫无进取心，那么，江山之主和社稷之臣用来干什么？王昭君幸运地成了匈、汉和平的媒介，然而历史上有多少女人都成了牺牲品。她们没有名字，没有坟冢，没有流传下自己的故事，没有那么值得揣测的爱情。人

最是元曲销魂

们常说"红颜祸水",怪女人误了江山,其实江山误了多少女人的幸福。

> 当你的日子失去光泽,五色花瓣也变得苍白。
> 有一个呼唤从命运中悄悄传来,
> 让柔情投入到同一个所在。
> 沿着一条路越走越远,
> 你的寻找已落满尘埃。
> 有一个身影从人群中慢慢走来,
> 走过那大漠金色的草原。

这是电视连续剧《昭君出塞》的主题曲,整个故事讲述了王昭君与呼韩邪单于的邂逅和相爱。故事十分唯美浪漫,在这部电视剧中,由香港演员罗嘉良饰演的呼韩邪单于英俊潇洒,武艺高强,善于学习纳谏。而由香港女演员李彩桦饰演的王昭君也是既有才气又有傲气的冷美人形象。两人错错落落,上演了一幕幕擦肩而过的巧合。当剧终之时,两人并肩而行,俨然天造地设的一对璧人,这仿佛也成为了观众对王昭君的期盼。既然远离故乡,那便在远方有人欢喜疼爱,收获一份迟来的幸福。若王昭君真是这样的结局,怕也像剧中的歌一样终是欢喜——"谁能够千年不朽落叶飘香,只要你无怨无悔倾心相随。长河远逝,岁月无痕,真心真意在你我心底。红尘落尽,繁华散去,你的身影还在卓然独立。"

黎民苦：大地生民，川流不息

最是元曲销魂

窦娥冤

淮安地区历史上出过两大名案,一为元代的窦娥案,一为清代官员李毓昌被害案。据说两案皆惊动全国,成为当时的新闻焦点。李毓昌的案子有详细的史实可查,并没有争议;然而窦娥案并非如此。据说当时淮安的确有一个女子被冤毒害婆婆,枉死刑场,详细情节不为世人所知。而此事为关汉卿所关注,凑巧他又想到《列女传》中"东海孝妇"的故事,深感"东海孝妇"与淮安女子的遭遇相似,不禁大为感慨,遂埋头写下了《感天动地窦娥冤》一剧。

关汉卿对这个故事投注了很大的个人情绪,就像莎士比亚倾情写下《威尼斯商人》一样。在评判和争论中,正义和真理不一定永远能得到公平的裁判,所以关汉卿选择了用舞台展示的方法,凭借公论和人们智慧的沉淀为冤屈的女子鸣不平——真理是永远蒙蔽不了的。

《窦娥冤》的故事背景当然是元代的淮安。来自山阴的书生窦天章因为无力偿还蔡婆的高利贷,只好把七岁的女儿窦娥抵给蔡婆当童养媳,自己则赴京求取功名,希望有朝一日出人头地。窦娥长大后成了蔡婆的儿媳,怎知道丈夫不到两年就死了,剩下

黎民苦：大地生民，川流不息

她和蔡婆相依为命。不久，蔡婆向当地的赛卢医要债，赛卢医心生歹念，把蔡婆骗到郊外打算谋害，正巧被流氓张驴儿父子撞见，吓得慌忙逃跑。

张驴儿父子本就不是正经人，知晓蔡婆有钱，窦娥又漂亮，便起了贪欲，要求蔡婆报答他们的救命之恩，迫她和窦娥招他们父子俩入赘。蔡婆自知被侮辱了，却不敢作声，反倒是窦娥闻讯坚决反抗。所谓好女不侍二夫，更何况对方还是个流氓，窦娥无论如何也不肯答应婚事。

可是，张驴儿贼心不死，趁着蔡婆有病，送上混着毒药的羊肚儿汤给她喝，打算毒死她，就此抢占窦娥。哪知道他的梦做得美，却不料蔡婆闻汤后感到恶心，给了张驴儿的爹喝，结果一碗"索命汤"要了张驴儿老子的命。

世人讲：善有善报，恶有恶报。张驴儿害人不浅，反而害了自己的爹，本应该吸取教训，但他反而调转头诬陷窦娥毒死自己的爹。官府的大老爷不明事理，不分青红皂白地对窦娥严刑逼供，窦娥终于屈打成招，遂被判了死刑。窦娥在被押赴刑场时，不知有多少围观的人为她鸣冤。

【正宫·端正好】没来由犯王法，不提防遭刑宪，叫声屈动地惊天。顷刻间游魂先赴森罗殿，怎不将天地也生埋怨。

【滚绣球】有日月朝暮悬，有鬼神掌着生死权。天地也只合把清浊分辨，可怎生糊突了盗跖颜渊：为善的受贫穷更命短，造恶的享富贵又寿延。天地也做得个怕硬欺软，却元来也这般顺水推船。地也，你不分好歹何为地？天也，你错勘贤愚枉做天！哎，只落得

最是元曲销魂

两泪涟涟。

——关汉卿《感天动地窦娥冤》第三折

  这两段流传数百年的经典曲目,实把"天公不作美"的民间俗语说得真切,令人忆起周星驰的经典电影《九品芝麻官》。

  清咸丰年间,提督之子常威垂涎戚秦氏的美色,将其迷奸,事败后杀了其夫家十三口,又收买证人诬告戚秦氏与家丁私通,戚秦氏屈打成招被判死刑。候补知县包龙星发现其中蹊跷,欲为戚秦氏翻案,反而被诬陷丢了官职。他无奈之下,只得上京告御状,中途几经波折,终于得到皇帝的协助。包龙星苦练口技,终于在公审堂上舌战群臣,得以为戚秦氏洗冤。

  窦娥与戚秦氏的命运遭遇有很多相似之处,但是戚秦氏有心存仁念的包龙星相助,而窦娥却被没有王法的官府一门心思地冤枉到底。于是窦娥感到莫大的委屈,怨气冲天,遂指着青天白日,怪老天不分黑白,在人间种下了罪恶的种子。在"滚绣球"一段,窦娥借盗跖和颜渊二人的命运,责骂上天无德。

  盗跖是春秋时期和孔子同一时代的民间起义领袖,被统治者认定为残暴、凶狠的化身,后来民间亦把其视为恶势力。当时的盗跖横行几国,屠城劫掠,最后却得善终。而颜渊是孔子最贤能的弟子,宅心仁厚,学识渊博,几乎达到了圣人境界,却英年早逝。两人恶得善终、善得恶果,实在不公。窦娥借此二人之事说流氓张驴儿逍遥法外,而自己则受尽苦难还要枉死。这一段控诉韵脚分明,入耳消融,直撼人心,亦显现了关汉卿的大家手笔。

黎民苦：大地生民，川流不息

一些学者认为，促成窦娥冤情的是元代的社会背景，由于官僚机构的腐败，贵族、地主、富豪无不奢华成风，地痞流氓随处可见，这些都导致了大量冤假错案的发生。窦娥被打得"一道血，一层皮""才苏醒，又昏迷"，从中可以看出污吏的残忍和愚蠢，以及当时人心的邪恶和叵测。也许这种说法是正确的，而事实上，整个封建社会的本质都是如此。那个时代的女人过着屈膝的生活，不是牺牲品就是玩物，早在窦娥被父亲抵押出去的时候，就已经锁定了她命运的航向。窦娥并不是没有挣扎，但她没有自保能力，她只是一介妇人，换做任何一个时代，都可能遭遇摧残而凋零。

剧中的窦娥深知通过官吏公正判决来为自己平冤已是泡影，举头发下重誓，如果她是被冤枉的，头颅被砍下之后，鲜血必然一滴不剩地溅在飘飞的八尺素练上，六月飞雪将掩埋她的尸身，淮安一带必大旱三年。窦娥的诅咒果然一一应验。

窦娥惨死之后，人间终遭报应，但关汉卿并没有就此煞笔。他不但要通过上天为窦娥鸣冤，还要在人世当中还窦娥一个清白。窦娥的魂魄找到在京城当官的父亲窦天章诉冤，窦天章遂千里迢迢回乡为女查案，终于把张驴儿千刀万剐，以命抵命。然而，此时的窦娥已经死了，一切都无法挽回。

从某种层面上来说，关汉卿与窦娥在灵魂上是有交集的，关汉卿借窦娥的身世控诉当下这个必将毁灭的世界，而窦娥的精神正是关汉卿的写照。窦娥虽然不是个才女，不会用诗词歌赋抨击

时代，但她有百折不弯的风骨；而关汉卿也不是个重华丽辞章的文人，他仅仅保持着自己的个性和写作手法，暴露现实生活的不公。

　　元文人，大多写着四平八稳的文章，视野越发变得狭隘，社会也变得萎靡不振。世态之颓气，并不是关汉卿能一扫而罢，他自己很清楚，但他仍要用窦娥的灵魂，惊动愚昧的现实世界，一扫世态颓风。

黎民苦：大地生民，川流不息

何处去寻良相名臣

在一片吟风弄月、离愁别恨的文学气氛中，曲人刘时中残忍地打破了众多元文人的美梦。他从来都不打算让身边那些沉迷酒色的朋友感到舒坦，这在前文已经略有涉及。并不是他不能这样做，而是不可以。不过他的儒雅性情，使得他并不是冷酷的人；他也并不自命是百姓的代言人，只希望把"人间烦恼，一洗无余"。

总是去干涉别人的生活、批评社会现状，令刘时中感到非常疲累，但是他的曲子仍旧被称为元代的"史诗"，他的一唱一吟，都是当时的贫苦者在死亡线上挣扎的血泪，在那时绝无仅有，后世也罕见。

【叨叨令】有钱的贩米谷置田庄添生放，无钱的少过活分骨肉无承望；有钱的纳宠妾买人口偏兴旺，无钱的受饥馁填沟壑遭灾障。小民好苦也么哥，小民好苦也么哥，便秋收鬻妻卖子家私丧。
——刘时中《端正好·上高监司》

这段"叨叨令"是刘时中套曲《端正好·上高监司》里的段子。该套曲子开篇写的是元代发生了一场罕见的大饥荒："众生灵遭磨障，正值着时岁饥荒。"这一年粮食罕有，物价日益上涨，奸商富户自认奇货可居，高价兜售粮食以获取暴利，许多贫苦者饿死路中，乞丐成群结队四处乞讨。

根据《元史》记载，元顺帝至正十四年（刘时中生活的年代）的确有旱情发生，流民四起。刘时中应该是经历了这段日子，见到途有饿殍才忍不住绘下这幅灾民图。当时官府曾下达过赈灾令，但并没有显著成效。事实上，如果民众能共渡难关，并不一定会死那么多人。在上面的"叨叨令"一曲中这样写道：有钱人仍旧屯田置地、喝酒嫖妓、买卖人口，没钱的人注定要骨肉分离、忍饥挨饿、家破人亡。"有钱就是大爷"，不管在任何时代、任何社会背景下，这句话都有一定缘由。

在众人绝望之际，《端正好·上高监司》的曲子中塑造了一个"救世主"式人物——高监司，此人在现实当中是存在的，因为《端正好》一曲正是刘时中写给高监司的万言书。

刘时中笔下的高监司开仓赈济，日夜奔走抚恤灾民，惩治奸商和鱼肉百姓的官吏，毫无偏私。他"爱民忧国无偏党，发政施仁有激昂。恤老怜贫，视民如子，起死回生，扶弱摧强……天生社稷真卿相，才称朝廷作栋梁。这相公主见宏深，秉心仁恕，治政公平，莅事慈祥。可与萧曹比并，伊傅齐肩，周召班行"。刘时中甚至将高监司的仁慈和政绩看作古人所谓的"仁政"，认为此人堪比萧何、曹参、伊尹、傅说那样辉煌一时的良相名臣。

刘时中盛赞高监司的德行，其中不乏奉承的意思。因为他希望高监司能够看到自己这封揭露地方政府营私舞弊的谏书。这个套曲揭露了当时的社会现象：时值灾情严重之际，官商却囤积

黎民苦：大地生民，川流不息

大量纸钞以供挥霍，搅乱市场正常经济秩序，祸患乡民。官府表面上道貌岸然，出资出力，实则他们下发的纸币一文不值，根本用不上。刘时中力捧高监司，实则企盼他能进言朝廷，整顿地方吏治。

按理说身为朝廷官员，高监司赈灾和进言朝廷是分内之事，并不应被刘时中提醒，但刘时中依然在高监司面前示弱，说尽好话，足可看出他心中的无奈和朝廷的腐败。茫茫人世，刘时中找不到可以投诉的人，当他看到高监司救灾的情景，认为或许此官还有些人性，其他官吏都巴不得所有人死于非命，好将那些民众的财产收入囊中。

【滚绣球】且说一季中事例钱，开作时各自与，库子每随高低预先除去，军百户十锭无虚，攒司五五拿，官人六六除，四牌头每一名是两封足数，更有合干人把门军弓手殊途。那里取官民两便通行法，赤紧他贿赂单宜左道术，于汝安乎？

——刘时中《端正好·上高监司》

这段"滚绣球"描写的是官吏横征暴敛和贪污受贿的嘴脸。由于元朝对币制管理非常混乱，官吏和商人便伙同起来玩转钞法，钻朝廷空子，私下印制纸钞，一旦有收益便可坐地分赃。按照衙门里的老规矩，大官分大头，小官得小钱。库府官员、军百户、攒司、官人、四牌头人人有份，连门军、弓手这些看管人员都能拿到好处。官宦中所谓的"有钱人"还和商贾串通一气印制假钞，四处骗钱；一些官员甚至借朝廷的名义回收破损钞票，声

明全部烧毁,实则偷拿出去再用到市场进入流通。

　　官人、商人没有成本地拿着"钱"到处挥霍,受苦的不过是毫不知情的普通百姓。这种无形的凶险,比官商直接奴役打骂穷人还要可怕。鉴于这种现象,刘时中希望"青天大老爷"高监司能将情况禀报朝廷,解决社会上种种问题,以免民众生变,引发动乱。

　　刘时中的担忧是有先见之明的。元顺帝是元朝最后一个皇帝,本为元惠宗,"顺帝"是朱元璋起的谥号。元惠宗弃江山于不顾,终日活在权臣的羽翼下,导致民间起义大爆发。起义军攻破大都之后,顺帝仓皇往西北宁夏方向逃走,死于异地。朱元璋建立明朝之后,赐惠宗谥号"顺",意思是他顺应天意将皇位给他。这种带贬义的谥号不被元人承认,却成了历史公认。

　　生活在元顺帝时期的刘时中,对高监司发出劝言时,各地已经出现小规模起义,起义若是闹大,元王朝的根基必将不保。但一个高监司又能如何,就算他肯帮刘时中递上谏言,可是腐败已经渗透到了元朝廷内部,有道是上行下效,地方官员胡作非为其实不过是整个朝廷内部变化的缩影罢了。

　　一曲《端正好》,充满了刘时中的愤恨和伤悲,他满怀希望,可是他也清楚最后得到的必定是失望。毕竟社会已是如此,除非明主降世,朝廷来一次大清洗。然而,刘时中不服输的个性和怜悯世人的柔情,让他又放不下受苦受难的黎民。

　　闲,天定许;忙,人自取。

黎民苦：大地生民，川流不息

逍遥的日子是上天许给世人的，关键在于世人肯不肯过这样的日子；而忙碌是人自找的，为尘世操心也是自愿。是以，兼济天下成了很多士人欲做的事，与此种观念捆绑在一起的刘时中，也融入了这个前赴后继的队伍当中，泣血修心。

 最是元曲销魂

凑不全柴米油盐酱醋茶

历代有很多对社会表示不满的文人,杜甫的一句"朱门酒肉臭,路有冻死骨"足以概括世人对社会贫富差距的怨恨情绪。若以朝代而言,元代大概是自汉以来,中国统一王朝中社会最动荡的一个朝代。此时借文学作品大发牢骚的人特别多,有的恨不得摔了锅碗瓢盆、砸墙捶地,也要把朝廷骂得狗血淋头。

可是,古代的知识分子有个共同的毛病,那就是不当官、未做大官、做大官不痛快的人牢骚最多,他们上批朝臣,下悯百姓,然而真正地去写民间生活贫苦的却寥寥无几。即便一些不得志的士人生活在农村,也是一副甘食陋饭、乐得逍遥的模样,其实穷困潦倒。

在元代,文人的地位很低,有"九儒十丐"一说,意思是文人甚至比娼妓还不如,仅仅高于乞丐而已,一些士人常常吃不上饭,过着乞讨的生活。

倚篷窗无语嗟呀,七件儿全无,做甚么人家。柴似灵芝,油如甘露,米若丹砂。酱瓮儿恰才磬撒,盐瓶儿又告消乏。茶也无多,醋也无多。七件事尚且艰难,怎生教我折柳攀花。

——周德清《蟾宫曲·别友》

黎民苦：大地生民，川流不息

坐在破烂的窗前，抬头屋顶漏，低头水积洼，家里柴米油盐酱醋茶等生活必需品都凑不全。柴如灵芝般珍贵，油如清晨甘露般难采取，大米贵如丹砂，其他的所剩无多。生活七大件短此少彼，倒也真够贫穷。人过的是这样的日子，哪里还顾得上去"折柳攀花"，放浪生活呢？

这曲《蟾宫曲》是当时著名的音韵学家周德清所作，他乃宋词人周邦彦的后人，《录鬼簿续篇》中对他的评价极高。周德清对作曲、作词甚有心得，终生未出仕，说不上是真的不想做官还是没做成官。至于他的生活是否真落魄到粗茶淡饭的地步，虽无从考证，但也不能否认曲子里写的人不是他。

士人之窘迫总是难以启齿，所以那些生活落魄的才子，诸如乔吉之辈，饿着肚皮时也从未写自己吃不上饭的情况。对他们来说，宁饿死也不低头，可周德清显然不这样认为。在他曲子的末尾，流露出对"气节"的鄙视：没饭吃的人还想着风花雪月，不是太不现实了吗？

羁客乔吉曾深深眷恋扬州名妓李楚仪，拜在她的石榴裙下，把她奉为掌中珍珠，可自己的困苦身世容不得他为李楚仪付出更多。最后扬州路总管贾固将李楚仪纳为禁脔。乔吉曾自比杜牧，每每想起杜牧与名妓张好好貌似完美的恋情，就幻想自己与李楚仪还有"可能性"。不过李楚仪还是成了他快到嘴边的鸭子，飞走了。

乔吉活得很不现实，而周德清要远比前者清醒，也比一般士人更能回归现实。在他看来，没有本钱地隐居避世，注定要"享受"苦日子,有今天没明朝。

元朝民间极端困苦有着奇怪的社会根源,生活在宋代的人虽然并没有过上小康般的生活,但至少宋人大多数不会挨饿。可元王朝就大不相同了,官方施行的混乱的经济政策仿佛故意恶整百姓一般。中国历史上除了混战时期在货币发行上比较乱以外,数元代币制最混沌,且比战乱时代有过之而无不及。

宋代和金代流行的纸币分别为交子、会子和大钞、小钞。忽必烈即位元皇帝之后立刻统一了币制,并规定朝廷每年发行的纸币不超过十万锭银。可是币制实行十几年后,国家发行的纸币数量年复一年暴涨,到了元朝中叶通货膨胀已经无法抑制,许多官吏和商人从中作梗,获取暴利。官商勾结贪污受贿、垄断市场坐地分赃、强取豪夺、鱼肉乡民的事情时有发生。活在这种情况下的穷人更穷,不聪明的富人也成了穷光蛋。

元曲人苏彦文仅存于世上的一篇《斗鹌鹑·冬景》,即写了饱受官商摧残之后,穷苦人的生活境况。

地冷天寒,阴风乱刮;岁久冬深,严霜遍撒;夜永更长,寒浸卧榻。梦不成,愁转加。杳杳冥冥,潇潇洒洒。

【紫花儿序】早是我衣服破碎,铺盖单薄,冻的我手脚酸麻。冷弯做一块,听鼓打三挝。天哪,几时捱的鸡儿叫更儿尽点儿煞。晓钟打罢,巴到天明,划地波查。

【秃厮儿】这天晴不得一时半霎,寒凛冽走石飞沙。阴云黯淡闭日华,布四野,满长空,天涯。

黎民苦：大地生民，川流不息

【圣药王】脚又滑，手又麻，乱纷纷瑞雪舞梨花。情绪杂，囊箧乏，若老天全不可怜咱，冻钦钦怎行踏？

【紫花儿序】这雪袁安难卧，蒙正回窑，买臣还家，退之不爱，浩然休夸。真佳。江上渔翁罢了钓槎，便休题晚来堪画，休强呵映雪读书，且免了这扫雪烹茶。

【尾声】最怕的是檐前头倒把冰锥挂，喜端午愁逢腊八。巧手匠雪狮儿一千般成，我盼的是泥牛儿四九里打。

——苏彦文《斗鹌鹑·冬景》

这套曲开篇交代的是穷人的生活背景：广漠的洪荒宇宙被寒冷充斥，容身于苦岁严霜之中，夜似乎更加漫长。冷侵床榻，卧不成眠，苦不堪言。篇首的一句"杳杳冥冥，潇潇洒洒"，不是说人冷得要命还要"美丽冻人"，而是曲中人对衣不蔽体的自嘲自叹。曲中主人公为疾苦而惆怅沮丧，眼巴巴期盼着快点天明，挨过一时算一时。然而天明日暖没有多久，飞沙走石、霜雪烈风又袭长空，漫天雪花飞舞，主人公却毫无欣赏的心情，因为他只知道苦寒和过冬的难处，而感受不到丝毫的天地之美。

穷人过冬唯一个"苦"字能形容，没有风花雪月的好事，也没有踏雪寻梅的风雅。所以在"紫花儿序"一曲中，曲人接连举了数个典故，提醒世人在冰天雪地中极难遇到好事，也无欣赏雪景的情致。

第一个典故指晋代周斐的《汝南先贤传》中的"袁安卧雪"。晋时，一年冬天大雪封门，洛阳令到州里巡视灾情，见家家户户都扫雪开路出门谋食，全城只有一户人家门口没有动静，雪封路途，不可通行，正是城中名士袁安的家。洛阳令以为袁安已经冻死,叫人凿门而入,看袁安窝在被里不动,便问何故。袁安说:"雪天人人饥饿受冻,我不想出门去麻烦别人。"洛阳令被袁安度人的心意感动,将他举为孝廉。

苏彦文在《斗鹌鹑》里所描写的寒士,与袁安一样贫苦,却不可能像袁安般走运。不仅如此,寒士连像南朝宋代的吕蒙风雪天到寺庙讨食的事情都不敢做,因为他怕与吕蒙遭遇相同的尴尬,被人赶回寄居所。又比如韩愈获罪贬谪潮州遇雪感叹,孟浩然灞桥风雪寻梅,柳宗元江上看渔翁垂钓,孙康映雪苦学,宋人陶氏扫雪烹茶的雅事,这些事情更不是贫苦寒士所能奢求的。一个人如果冷得要死了,也就不会想到风雅之事。他只盼冬季快点过去,端午快点到来,那时天朗气清,空气暖和,容易觅食,也不用受冻。

未尝穷人苦,不知世人贫。倘若生活不够艰难,同情之词不过都是站在高处的观望之语。在外漂泊的苏彦文大概是曾经历过《斗鹌鹑》里所写的困窘日子,是以字字见血,声声控诉。而他也成了元代仅有的几个关心农村生活的曲人之一。虽然,我们无法通过他无可考的生平断定《斗鹌鹑》的生活一定是他亲身经历,但可以断定,他的心真正与底层之人同在。

黎民苦：大地生民，川流不息

热闹静好人间节

过节，向来是人们生活的乐趣之一，因为只有这一刻才能忙里偷闲，把平时爱玩的游戏玩个痛快，一心想着如何舒坦、快乐，体会"少年不识愁滋味"的轻狂。但仍有一些节令会令人忆起伤心往事，人们不会因为内心痛苦而将它忘记，反而因其能寄托情愫而将之记得更加清楚。无论节日带给人的情感波动是积极还是消极，它的存在本身就具有非比寻常的纪念意义。

> 万家灯火闹春桥，十里光相照，舞凤翔鸾势绝妙。可怜宵，波间涌出蓬莱岛。香烟乱飘，笙歌喧闹，飞上玉楼腰。
>
> ——盍西村《小桃红·江岸水灯》

这一曲《小桃红》写的是元宵灯节时的情景。它的作者盍西村是钟嗣成《录鬼簿》中普普通通的一个人物，但钟氏仍把他列为"学士"之一，可见此人的文化底蕴值得后人称道。他仅有十七首散曲流传后世，其中有八首都是在江西临川郡游历时的即景抒情之作。这首《小桃红》写的正是"临川八景"之一的"江岸水灯"。

当时正赶上元宵灯节，独挑一盏金鱼灯的盍西村在街上走来走去。因宦游在外，他身边没有亲人朋友，只好独自欣赏万家灯火、华丽节日的盛况，在他人的热闹中寻找温暖，以慰藉自己孤独的心灵。十里灯辉舞动闪烁，在夜空中勾勒出诸多幻影，如同凤凰飞舞、鸾鸟翱翔，美轮美奂。江水掩映着光辉潺潺流动，水上花灯时隐时现，不时有游船往来，传来好听的歌声，让他以为自己到了蓬莱仙境。烟雾缭绕、笙歌震天，整个临川化作了琼楼玉宇，于祥云之中展露风姿。

在这种如梦似幻、热烈欢快的世界里，即使是再能克制情绪的人，也不能不被感染。盍西村几乎不能自拔，内心充满了欢畅。

每年的农历正月十五是春节之后第一个重要的节日，又称"上元节"，即是盍西村在《小桃红》里描写的节日。南宋吴自牧在《梦粱录》中讲：正月十五日元夕节，是上元天官赐福的节日。也就是这一天乃天官赐福，地官赦罪的大好吉日。不仅如此，张灯三日亦是传下千年的习俗，历朝历代各地各县都把张灯观灯作为一大盛事。据《隋书·音乐志》记载：隋代的元宵庆典格外隆重，处处张灯结彩，日日歌舞升平，八里戏台、乐者过万，表演者达数万人，游玩凑热闹的百姓更是不计其数。京城里更是通宵达旦，彻夜尽欢。到了宋代，张灯习俗由三夜延长至五夜，除此之外尚有大量街头表演和烟火，与今日过节无异。《东京梦华录》中记载：每逢灯节，开封御街上，万盏彩灯垒成灯山，花灯焰火，金碧相射，锦绣交辉。京都少女载歌载舞，万众围观。十里长街，万人空巷，酒肆茶坊无不热闹非凡，百里灯火不绝。

黎民苦：大地生民，川流不息

而根据盍西村的描写，即便是在蒙古族统治的元代，元宵节的盛况依然不减当年。其实节日不会因民族之间的隔阂而消失，反而成了为人们化解隔膜、增添欢乐的媒介。

下面四首《喜春来》均是写良宵佳节的作品，分别描述了三月三、五月五、七月七和九月九的节日习俗。这四个日子是中国最传统的节日，均由来已久，无名氏撷取这四个节日来作曲子，大概是看上它的月日相衬，韵调好配，而且意义深远，寄托了很多忧思和情思。

海棠过雨红初淡，杨柳无风睡正酣，杏烧红桃剪锦草揉蓝。三月三，和气盛东南。

垂门艾挂狰狰虎，竞水舟飞两两凫。浴兰汤斟绿醑泛香蒲。五月五，谁吊楚三闾。

天孙一夜停机暇，人世千家乞巧忙。想双星心事密话头长。七月七，回首笑三郎。

香橙肥蟹家家酒，红叶黄花处处秋。极追寻高眺望绝风流。九月九，莫负少年游。

——无名氏《喜春来·四节》

三月三上巳节是古代"祓除畔浴"、郊外游春的节日。王羲之在《兰亭集序》中写了他在三月初三与朋友到山中兰亭玩耍，曲水流觞，喝酒饮茶，谈论趣事。这个时节是海棠竞相绽放的日子，经过二月春风的洗礼，不但海棠花开，连桃花、杏花、嫩草也纷纷崭露头角，以沾春天的雨露。南风吹来，昭示着生气回归大地。上巳节之所以需要沐水，是因为水可荡涤身心尘埃，一年伊始，人要下水沐浴干净才能开始。很可惜，自元代之后这个节日就消失了，人们并没有将之重视起来。在文字中，三月三是一个淡妆浓抹总相宜的节日，绚烂美好的色彩描画出这个节日的春天气息。中国有"二月二，龙抬头；三月三，生轩辕"的说法，所以这一天相传是黄帝轩辕氏的生辰。在少数民族中，三月三这一天保留了许多的传统习俗，比如，布依族的"地蚕会"，需要准备炒好的苞谷花祭天地，以祷告五谷丰登，不要让地蚕伤了田里的幼苗。畲族则会在"乌饭节"做乌米饭，家家户户齐欢聚。

五月初五是端午节，春秋时期，晋人就已经开始重视这天，挂菖蒲、包艾叶、喝雄黄酒、吃粽子、赛龙舟等，均是该节日的风俗。相传自屈原投江之后，吃粽子和赛龙舟被认为是纪念屈原，他令端午节蒙上了一层悲凉凄美的韵味。在无名氏笔下的端午，人们做着与前人相同的事，怀着与前人相同的缅怀之心。同时，作者也表达出对屈原忠贞不贰的缅怀。许多名士达者荣枯一世，真心效仿和哀悼屈原的又有多少？端午节是为了纪念屈原，这是我们最常听见的说法。但是，关于端午节对历史人物的悼念还有一种说法是纪念伍子胥。伍子胥本来是楚国人，但是他在楚国并不为国君重用，甚至家人还被残害，于是他投奔了吴国。在伍子胥的辅佐下，吴国大获全胜。后来，吴王阖闾去世，他的儿

黎民苦：大地生民，川流不息

子夫差虽然有勇武之力，但是智慧却不如其父。吴越大战，越国战败，伍子胥提议应该趁热打铁灭了越国，杀了越王。但是，越国不仅向夫差进献了美人西施，更是贿赂了吴国官员，便没有人主张覆灭越国。后来，伍子胥被陷害，遭夫差赐死，他死前曾对人说，将我的双眼挖出来放在城门上，我死后也好看着吴国怎样亡国。夫差听到了这样的传闻，自然是怒不可遏，于是在五月初五这一天，夫差命人将伍子胥的尸体丢进了河里。相传，人们感于伍子胥的忠臣之心，于是在这一天纪念他。

端午之后，便是"七夕"。每年农历七月初七的"乞巧节"，也被称为"女儿节"，原本的习俗是女儿家在这一天，可以着盛装出行游玩，或者走亲访友，不用关在闺房之中。在这一天，织女不再去终日织布，而是通过喜鹊搭桥与牛郎和两个孩子见上一面。天上的团圆是地上女人们的话题焦点，除此之外，在这一天她们还有许多事情要做。当晚妇女们需穿针乞巧、喜蛛应巧、投针验巧，做祈祷福禄寿喜的活动，礼拜七姐（织女）。一些少男少女想在这一天碰上个好姻缘，所以特别定制新装，穿桂披霞，到街上行走，争相斗艳。若是遇到了心仪的人，便故意走上去晃一圈，或者彼此"眉来眼去"。

当人们沉浸在喜悦中时，同样不得不面对冷清的秋天给人们带来的伤感。九月九日重阳节，这一天人们要登山入野"辞青"，因为草地就要枯黄，冷冬即将来临。上山之后必不可少地要观菊、饮酒、插茱萸，看山色明艳、红叶飘落，在野餐之中向一年告别。这样的日子本应该高兴，可是当人们想到又是一年匆匆而

最是元曲销魂

过,少年的轻狂时间再不多时,总会忍不住黯然神伤。不仅如此,一年年过去,人们失去的不仅是年华,还有与亲人相处的时光,一想到这些,浓浓哀愁便涌上心头。

但愿人长久,千里共婵娟。这是人世间痴儿怨女在所有节日里最强烈的心愿。元人过节,同样抱有这种心态,他们继承了宋人的城市情结,喜欢在繁华的都市里寻觅热闹,爱去水岸山中寻找浪漫的趣事,但他们比宋人更现实的是,在年少轻狂的一刻总不忘暮垂西山、生死别离。他们大多都清楚地意识到:荣是荣,枯是枯,东风吹来是抚慰,西风到来是无情。

黎民苦：大地生民，川流不息

一只羊的寓言

元朝后期，元英宗硕德八剌即位时一心以德治国，实施了一套基本国策，如果他的国策能延续下去，相信中国的历史都要改写。但一场宫廷阴谋令这位仁君死于非命，其宗亲也孙铁木儿即位为泰定帝，开始铲除异己，任用非人，从此元王朝内部皆由权臣左右。先是儒臣当道，阿鲁威、王元鼎等士人即是托了此福而出仕；然后是权臣燕帖木儿、伯颜（蔑儿乞部伯颜）相继上位，执掌朝政；接着是佞臣哈麻。扼杀了元朝最后一道曙光的，是元顺帝最后的依仗名臣脱脱。元朝这段急速衰败的过程仅仅历时二十二年。

朝政混乱就会引发民间动乱，生于该时期的人，除了那些所谓的起义英雄外，应当说都是不幸的。元后期曲作大家曾瑞恰恰就活在这一时期，亲眼见证了元朝的衰亡。

钟嗣成一生凭吊过许多文人，曾瑞是他深深佩服的一位儒家高士，钟嗣成每听到有关曾氏的消息都格外谨慎地记录下来，曾瑞的言论和勉励世人之语令他铭记在心。曾瑞一生未入仕途，性格温润却一身傲骨。他家居杭州，终日神采奕奕，穿着整齐往来于闹市，到处结交江湖人士，偏偏不屑于官宦，自号"褐夫"，意思就是一介布衣，乐得自在。他喜欢写曲绘画，从不吝手笔，

最是元曲销魂

如同一位老师或和蔼的长者,宽厚待人。江浙一带对他信服的人众多,钟嗣成亦是他的粉丝之一。曾瑞的诗词连市井里玩闹的孩子都能信口念出,足见其在民间的威信之大。

与民同乐的曾瑞亦与民同忧,而生于民间长于民间的曾瑞是最有资格诉说人间疾苦的曲人。不过,他并没有直抒自己的不满,而是以寓言曲的方式来讥讽。

元文人当中,有些人极好写寓言来讽喻统治者的无能,曾瑞就是完美地把曲子和寓言结合起来,写下了《哨遍·羊诉冤》的套曲,替被欺压的百姓说话。在他之前借动物说人言的还有姚守中的《牛诉冤》和刘时中的《代马诉冤》,所以曾瑞不算开先例,不过他选"羊"来喻世,可谓用心良苦。

羊是古代的祭品之一。平顺的形象和温润的性格令羊有吉祥、美满、和顺的含义,是人们专门用来宰杀的祭品,所以人们平时会用"小绵羊""替罪羊"一类的词来形容人的弱小,这就是曾瑞不忍的原因。

【幺】告朔何疑,代衅钟偏称宣王意。享天地济民饥,据云山水陆无敌。尽之矣,驼蹄熊掌,鹿脯獐狍,比我都无滋味。折莫烹炮煮煎煿蒸炙,便盐淹将卮,醋拌糟焙。肉麋肌鲊可为珍,莼菜鲈鱼有何奇,于四时中无不相宜。

——曾瑞《哨遍·羊诉冤》

这段曲所截取的内容讲的是战国时期一段关于羊的典故,在《孟子》当中有所记载。秦代以前,各国流行以动物血涂抹钟以

黎民苦：大地生民，川流不息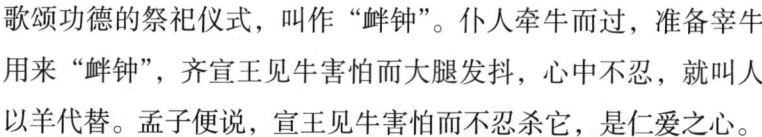

歌颂功德的祭祀仪式，叫作"衅钟"。仆人牵牛而过，准备宰牛用来"衅钟"，齐宣王见牛害怕而大腿发抖，心中不忍，就叫人以羊代替。孟子便说，宣王见牛害怕而不忍杀它，是仁爱之心。

事实上，宣王并不是真的仁慈，他觉得牛可怜，难道被杀的羊不可怜吗？人们将杀羊看作理所当然，并以羊肉作为美食，无论时节或地域，人们都舍不得美味的羊肉。

羊肉并不是不可食，但人们对羊的做法实在令人目不忍视。

【一煞】把我蹄指甲要舒做晃窗，头上角要锯做解锥，瞅着颔下须紧要绖挞笔。待生捋我毛裔铺毡袜，待活剥我监儿踏碑皮。眼见的难回避，多应早晚，不保朝夕。

【二】火里赤磨了快刀，忙古歹烧下热水，若客都来抵九千鸿门会。先许下神鬼彪了前膊，再请下相知揣了后腿。围我在垓心内，便休想一刀两段，必然是万剐凌迟。

【尾】我如今剌搭着两个蔫耳朵，滴溜着一条粗硬腿。我便是蝙蝠臀内精精地，要祭赛的穷神下的呵吃。

——曾瑞《哨遍·羊诉冤》

上面这三段，内容大抵都是人们对羊的残忍宰割。羊被单纯地杀掉似乎满足不了人们的欲望，有人还将羊的蹄子切下来做窗帘挂饰，把角锯下来做成刀柄，生剥羊毛做地毯和毡袜，活剥羊皮制成革。羊被千刀万剐，受尽皮肉之苦，人们却乐得在一旁观赏，有的还拿刀直接切下活羊的肉下锅，剩下没皮少肉的赤裸裸、血淋淋的羊奄奄一息。

为羊诉冤的曾瑞，怜悯羊的同时也是在怜悯世人。政局动荡导致地方吏治混乱，许多朝廷官员如同活剥羊的屠夫一样盘剥平民。

在元王朝铁马宏疆的背后，人们总是向往它辽阔的疆域和统治的领域，看到它不是流星、不是昙花的雄图一面，称颂它经马可·波罗在西方展现的芳华，最后说上一句"如果忽略它东征西讨……"难道这些就足以诠释元王朝了吗？

帝国如风，元王朝的确如同天之骄子。可是，在它光华的背后沉寂着永恒的黑暗。在观看一个王朝光鲜的外表之时，悠游于市井之中的曾瑞，所看到的却是充满阴暗的死角。